あの路地をうろついているときに夢見たことは、ほぼ叶えている

森永博志

PARCO出版

あの路地をうろついているときに夢見たことは、ほぼ叶えている

目次

1 ヒッチハイクで、京都に行こう。

昼さがり、トラックは山間部の緑地帯を突ッ走ッていた。
車に乗った瞬間から、ドライバーとヒッチハイカーの対話ははじまる。
トラックは昨夜、築地市場に冷凍マグロをはこび焼津に帰る途中だった。
東名高速の世田谷インターの手前で、静岡駅まで乗せてくれることになった。
ドライバーはトコヨと名のったあと、「トコでいいよ」と言って笑った。
十歳ほど年上に見えた。
ぼくはトコさんと呼んだ。

その前日まで、飯田橋の壕《ほり》にあるボート場で働いていた。ステーキの鉄板焼きが売りの洋食屋の横にボート場の管理事務所があり、近くの洋画専門の名画座で映画を見た帰り、バイト募集の張り紙にさそわれて訪ねると、経営者の老婦人がひとりでいた。

その老婦人にやとわれ、石段を十段おりた舟着き場で客を乗せたボートを長い棒を使って押しだし、戻ってきたボートを長い棒の先についているフックでひきよせる単純作業を毎日くりかえしていた。

十五歳から仕事をしていた。ヤクザとＧＩの街では電報配達や倉庫番、港区の電話帳の配達員、千代田区の印刷所の工員、横浜では建設労働者、住み込みの新聞配達などバイトだったが、なんでもやった。

昼食と夕食は事務所で、老婦人といっしょにした。老婦人はいつもむかし話を聞かせてくれた。若いころいたという満州の話をよく聞いた。日本人がつくった長春という街がどんなにうつくしくモダーンだったかをまるでガイドのように話してくれた。ぼくはそのたくさんの日本人が暮らしていたという大陸の街をイメージすることもできず、ただうなずいているだけだったが、むかし話は嫌いじゃなかった。

ぼくは、最新のものより古いものが好きだった。本は古本屋で漁《あさ》った。服は祖父のお古を愛用していたし、音楽もドアーズは好きだったが、一方ではディック・ミネがうたう戦前の歌謡曲を口ずさんでいた。古い時代を舞台にした洋画も好きだった。古い生活用具も好きだった。古いものは、ただ古いだけでなく、年季がはいっているうえに、どういうわけか、想像力をいたく刺激した。

バイト先に飯田橋のボート場を選んだのも、そこが知る人ぞ知る「東京最古」のボート場だったからだ。ボート場で三カ月働くと予定していたお金もでき、計画通りに京都へとむかった。

トコさんはトラックドライバーになる前は遠洋漁業のマグロ漁船で働いていたという。漁船は赤道を越えて南半球まで遠征する。数カ月にもおよぶ航海だ。漁を終え、日本に帰る途上、アメリカの占領下にある小笠原の父島に寄港する……。

トコさんはサワラ漁の話をする。

島には百年以上も前に入植してきたポリネシア系の島民たちが暮らしていて、トコさんは彼らと親しくなっていった。彼らはサーフィンに明け暮れていたが、トコさんはサーフィンはやらなかった。その代わり、木製の外洋カヌーに乗って彼らとサワラ漁をしたそうだ。

道具は突きん棒を使うという。それは、ぼくがボート場で使っていた長い棒とは似ても似つかぬ棒なんだろうな。

「突きん棒ってなんですか？」ぼくは聞く。

「突きん棒っていうのは、モリのことだよ。サワラはモリで突くんだ」

「モリはでかいですか？」

「そりゃ、でかいさ。だいたい三メートルから四メートル。それで、重いんだよ」

重量は軽く三キロを超えるそうだ。それでサワラを突く。ぼくはサワラ漁を想像する。カヌーに乗って三メートルのモリを手にするポリネシア系島民！

ぼくの目はさっきから、トコさんの左手の甲に見える奇妙な絵柄にひきつけられている。なんの絵なんだろう？　視線に気づいたらしく「これ？」と言ってトコさんはハンドルから左手を離し、手の甲を見せる。大きさはコインくらいの入れ墨に見えた。クロスした骨に髑髏《ドクロ》、つまり海賊旗だ。

「入れ墨ですか？」ぼくが聞く。

「そう。タヒチにさ、パペーテっていう港町があるんだよ。そこいたフランス海軍の水兵たちがよくコレいれててさ。俺も船で赤道を越した記念に、タヒチでいれたんだ」と言ってトコさんはハンドルに手をもどした。

そうか、トコさんはそんな遠くまで行ってたのか、しかも、フランスが南太平洋で水爆実験をやっていたころだ。

「どうやって獲《と》るんですか？」

「サワラはさ、小魚を食べるんだよ。だから囮《おとり》の小魚でおびき寄せる。サワラがカヌーに近づいてくる。だけどさ、罠《わな》だとわかると真っ直ぐやってきたサワラが逃げようとして体を横にするんだよ。その瞬間に突きん棒で突く！」

トコさんの声に力がこもる。

「ここが、肝心なのさ」

「はい」ぼくの声も同調する。

「すごいよ、突きん棒投げんの。それもさ、体のいちばんちっちゃいとこ狙うんだ」

「それはどこですか？　目？」

「鼻先。人間っていうのは獲物を狙うとき、無意識にいちばん大きなところを見ちゃうんだよ」

「腹？」

「そう。体ひねったとき腹が光る。だから、どうしても腹を狙っちゃう。ところが、そこ狙っても百パーセント、突きん棒はカラ突き。タイミングが遅れるんだ。どうするか？　突きん棒の先で鼻先に狙いをさだめる。サワラの動きにあわせてしょっちゅう突きん棒を動かしといて、体をひねった瞬間、一気に鼻先を狙って突くんだよ。おたく、こんな話、面白い？」

「興奮します！」

ぼくは正直に答えた。

「釣りの極意っていうのは物事のすべてに通じる。みんなが目で追う目立つところなんて狙ってもハズレるだけさ。ちっちゃいとこ、狙うんだよ。ちっちゃいとこ狙って、でっかいのを仕留める。これ、おぼえといて損はしないよ。俺は小笠原の海が好きだね。サワラ漁やってると血湧き肉踊るっていうのかね。仕留めると鮫がくるからな」

「襲ってくる？」

「血の臭いかぎつけてさ、くるんだよ。サワラは全部食われちまうし突きん棒も食われちゃうよ。だから、突いたらすぐカヌーにあげないと何にもなんない」

「鮫は人も襲う？」

「いや、それはない。人は襲わない」

「格闘ですね。戦い」

「一番醍醐味あるよ、突棒でサワラ獲るのは。うまくやる条件はね、知識、経験、技術な。それに直感と運だよ。漁としちゃ効率はよくない。だけど、それうまくできたら一人前っていう儀式みたいなもんだな」

「アフリカのマサイみたいですね。ライオン、槍《やり》で仕留めて男になるっていう」

「そんなようなもんだな。そっちは草原だけど、でもさ、サワラっていう魚は何ていうの、青臭いような、草刈ったときみたいな匂いがすんだよ」

「小笠原に行ってみたくなりました」

「大変だけどな、普通の人が行くのは」

「いつか行ってみます」

「あそこの海はマッコウ、ザトウとかクジラもいてさ、世界一だな」

会話は途切れることなくつづく。長いトンネルを抜けると、視界の真ん中に水平線が飛び込んできた。その瞬間、何か言いようのない熱い感情が噴きあがってきた。

路上で手をあげる。車がとまって乗せてくれる。アカの他人と出会う。会話がはじまる。車内が沈黙に支配されたら、息がつまる。

ヒッチハイカーを乗せてくれる人はどこかしらアカの他人との一期一会を、その時間の会話を楽しもうとするマインドを持っている。列車や飛行機の席で隣り合わせになることとは、根本的にちがう。

ヒッチハイカーのおおかたは先を急ぐ旅人ではない。用事などないのだから、旅の時間を楽しみながらゆっくり行けばよい。

静岡駅でおろしてもらった。トコさんは焼津へむかった。まだ空は明るく、初めての町をうろつき映画館で時間をつぶし、喫茶店にはいり有線から流れる石原裕次郎の『錆びたナイフ』、小林旭の『さすらい』などの懐メロを聴きながらノートをひろげ、トコさんから聞いた話を記憶をもとに書いていった。

閉店の時間になり、店を出て静岡駅の前の芝生の広場に仰向けになった。夏なので寝袋はいらない。夜空には星と半月が輝いていた。長い一日の終わりを感じ、目を閉じた。闇の中には、まだ写真でさえも見たことのない小笠原の島影が青く輝く大海原《おおうなばら》とともに浮かびあがった。

次に岐阜まで乗せてくれたドライバーは岐阜駅で別れるとき、「関西方面で何かあったら電話してきなさい」と名刺をくれた。名前は脇田さんといい、肩書は弁護士だった。年齢は十歳ほど上に思えた。

脇田さんは昨夜おそく岐阜から静岡へ車を飛ばし、今日の午前中に警察署を訪ねた帰りだった。岐阜のヤクザが静岡のナイトクラブで女性をめぐるもめごとを起こし、逮捕された。そのヤクザは組長の息子で、留置されて二日目に接見が許されたので会いに行ったという。

「バカ息子でさ。組長にたのまれてさしいれに行ったんだよ」

脇田さんは、レイバンのサングラスをしていた。髪はバックにし、リネンのスーツを着ていた。ジャケットの下には、淡いピンク色のボタンダウンのシャツを着ていた。インテリヤクザといった印象だった。カッコいいと思える大人だった。

「俺はね、心情的には警察より学生の側なのだけどね、これはさ、先が見える戦いなのだよ」

脇田さんは学生運動の話をした。

「先?」

「そう。終わりっていうかな」

「どういうことですか?」

「来年、大阪で万博があるだろ。大阪万博は東京オリンピック以来の国際的行事だろ」

「日本もこれで先進国の仲間入りでしょうね」

「国家にとっては大事な行事だろ。そんなときに、街で学生が暴れていたらどうなる。火《か》焔《えん》ビン投げてたらまずいだろ。世界中から要人が来るんだよ。ヘルメットかぶってゲバ棒持った連中が万博会場に攻め込んだら、どうなる?」

車はトンネルへと走り込んでいく。自然の風景が消えた瞬間、脇田さんの声が機械で増幅されたかのように、耳に強く響く。

「それはいちばん避けなきゃいけないことなんだよ。だから、政府としては今年中に学生運動つぶす考えなんだ。来年になったら万博ムード一色だよ。おたく、学生運動なんかやったらバカみるよ」

名古屋を過ぎたあたりでドライブインに寄った。脇田さんは「長電話になるから君はひとりで食事していてくれるかな」といい、赤電話のコーナーへとむかった。

コーヒーとサンドウィッチをオーダーしテーブルにノートをひろげた。そこでも思いつくことを書いていった。

脇田さんの話を聞いて、一九六九年がもう終わってしまったような気がしていた。ドアーズの『ジ・エンド』が頭の中に鳴り響き、ジューサーの中のフルーツの欠片《かけら》のように言葉がぐるぐる回り、それは文節になることはなかった。レイバン、弁護士、長電話、接見、ボス、鉄格子、真夜中、ハイウェイ、リネン、指輪、ショートホープ、パーキング……。

脇田さんは、もうすでに三十分近く電話で話している。

電話を終えテーブルにやって来て「行こうか」といったので「食事はしないんですか？」と訊《き》くと、「気になることあると食欲なくなってね」と急ぎ足で出口へむかった。ぼくはレジで払いをすませ、あわてて後を追った。

岐阜に着くまで脇田さんはずっと、趣味だという映画の話をしていた。いままでいちばん好きなのはオードリー・ヘプバーンとグレゴリー・ペックの『ローマの休日』だという。

「王女様とヤクザな新聞記者《ブンヤ》のラブロマンスね。あのヘプバーンがさ、睡眠薬飲みすぎてラリっちゃう演技は笑えるね。でも、最後、泣けんだよ。あれは一九五三年の作品でね。朝鮮動乱もおさまり、まだベトナムにも介入してなくて、アメリカが平和を享受していた時代ね。五〇年代は素晴らしい。六〇年代に入ってからアメリカはもうベトナムと国内の人種問題や反戦運動でボロボロだな」

脇田さんに「おたくも映画見る？」と聞かれ、外国映画なら『気狂いピエロ』、日本映画なら大島渚監督、荒木一郎主演の『日本春歌考』が気にいっていたが両方とも六〇年代の映画だったので題名をいうのもはばかられて、でも「ゴダールとか好きです」というと、

「あー、よくわかんない人ね」と興味がなさそうだった。

脇田さんは『スージー・ウォンの世界』、『アパートの鍵貸します』、『お熱いのがお好き』、『キングコング』……思い出の映画の話をたのしそうにつづける。

「俺は若いころ、脚本家になりたかったんだけどね。ある人からいちばん好きなことは仕事にしないほうがいいといわれてね」

「そうなんですか？」

「仕事にしちゃうとたのしくなくなる、二番目に好きなことを仕事にするといいらしい」

「それで弁護士？」

「どうなんだろ？　二番目はなかった。ただ、若いころは探偵小説とか好きで読んでいたから私立探偵にちょっと憧れてね。でも、日本じゃ、ぜんぜんサマにならないだろ。弁護士のほうがカッコつく気がして。弁護士も私立だからね。稼業って感じが男っぽくていいだろ」

「そうですね、会社員よりは」

「君はどんな仕事したいの？」

「一番目に好きなのは絵を描くことなんですけど、それを仕事にしたいとは思わないですね」

「二番目はなんだい？」

「字を書くことですかね」

「じゃ、それ仕事にするか？」

「うちの親父はぼくに新聞記者になれっていっていたんですけど、新聞はちょっと。旅行記なんか書いたらたのしいでしょうね」

「趣味と実益だね。それがいちばんいいね」

岐阜駅まで送ってもらい、はじめての町を路地まで徘徊し時間をつぶした。

その夜は岐阜駅で京都までの乗車券を買い、東海道線のホームのベンチで横になった。夜行列車が通過してく音にも気づかず眠っていた。


目をさます。そこがどこなのかわからず夢のつづきのような気分になる。はじめに体が触れている物体の質感を感じる。それが砂浜や草原だったら案外心地よい。

岐阜駅で迎えた朝は固い物体に触れている感覚をおぼえて、見るとベンチだった。周囲にザワザワと人の気配も感じる。自分のいる場所が東海道本線のホームであることを思い出す。見渡すと、もうふたつホームがある。尿意をもよおし改札口近くのトイレに急ぎ足で行った。

東海道本線のホームにもどるとベンチにはふたりの白人が座っていた。ふたりとも若い。ぼくとたいして変わらないだろう。だから自然、声をかけた。英語をうまくシャベれるわけではないが、声をかけた。

「グッドモーニング」

ふたつの声がかえってきた。

ベンチに並んで座った。どこまで行くのか？　と聞くと、「キョート」と答えたので、じゃ、いっしょに行こうと自分の名を告げ手をさしだすと、ふたりは安心したような表情を見せ、それぞれ「トム」と「ジェリー」と名のり握手した。

列車がやってきたのでぼくらは乗りこんだ。座席にむかいあって座り、ぼくはまずい英語で話をつづけた。そんな風な時間を外国人とすごすのははじめてのことだった。だけど緊張感はまるでなかった。

彼らはブロンドのロングヘアで、ふたりともダンガリーシャツと色がすっかりぬけたブルージーンズを着ていた。ジーンズには、レインボーやピースマークのワッペンがぎっしり縫いつけてあった。それがウエストコーストの流行だとわかったのはニール・ヤングのアルバム『アフター・ザ・ゴールド・ラッシュ』のジャケットを見たときだった。

ぼくもロングヘアでパンツは彼らと同じように色あせたブルージーンズ、それにハワイアンプリントの長袖シャツを着ていた。彼らはウエスタンブーツを履いていたが、ぼくは革製のサンダルだった。おなじようなカッコが、座席に親密な空気を生み出していた。ぼくはまるで取材でもしているかのように、質問を浴びせた。

彼らは、半年前にサンフランシスコから貨物船の乗組員となってハワイのオアフ島に渡った。オアフから、多くのヒッピーたちが山中に住むマウイ島に移り、そこで半年ほど暮らした。マウイではミュージシャンやペインター、彫刻家らアーティストたちがヴィレッジをつくり、創作活動と自給自足のための農作業に従事していた。

ふたりともペインター。ふたりで作品を共作していた。トムは虹を描き、ジェリーはクジラを描いた。そのレインボー&ホエールの作品をTシャツにプリントし、友人たちが働くサンフランシスコのヒッピーショップで売っていた。

彼らにとってマウイの暮らしは、アメリカ本土では体験することのできないようなヘヴンリーな日々だったが、警察が介入してくる事件が起き、かねてから旅してみたいと願っていた日本に船で渡航してきた。

京都に到着し、ぼくらは四条烏丸《からすま》の古い町家を訪ねた。通りに面したかまえは質素に感じたが、中にはいると部屋数も多く、手入れのいきとどいた庭もあった。彼らふたりの名前で予約がはいっていて、あてがわれた六畳間に、ぼくも世話になることにした。彼らは誰かを訪ねる約束をしていたらしく、部屋に荷をおくと、すぐに町に出ていった。

ぼくも心にとめていた行き先があり、町に出た。京大西部講堂は学生たちが不法占拠でもしたかのようにモジョウエストというロックの解放区になっていたが、あまり関心がむかなかった。ぼくが京都に来たのは妙心寺を訪ねるのが目的だった。

妙心寺は左京区花園にある日本最大の禅寺だった。宗派はインドの達磨大師《だるまだいし》を開祖とする臨済宗。妙心寺には南門と北門があり四条烏丸からバスに乗ると南門に着いた。

門の前に立つ。

禅僧になることを望んで京都まで来ても、どんな手続きを経たら入門できるのかも知らない。そのころは、バイトでも張り紙を見て飛び込みだった。何をするにもどこへ行くにも、事前に調べたことはない。日本一の禅寺であっても手の届かなさを感じることもなく、当たって砕ける気もせず、うまくやれる気がしていた。

そしていま南門の前に立っている。それなのに足が前に動かない。

ぼくはその場で、ふたつの声を胸のうちに聞いていた。

「いますぐじゃなくていいんじゃねえか。小笠原、行けよ、いつか」

トコさんの声だった。

「一番、二番、好きなことハッキリしてんだから、試してみなよ、どうなるか？」

脇田さんの声だった。

そうだよな。急ぐことないな。禅がこの世界からなくなることはないだろうし。

いつかそのときが来るかもしれない。二度と来ないかもしれない。

これまで一度も人生や将来のことなんて考えたことがなかったのに、禅寺の門に背をむけた瞬間、はじめて大海原のように横たわるこれからの時間を感じていた。

それを、ヒトは「未来」と呼んでいるのだろうな。


宿にもどると、ふたりのヒッピーのバッグは部屋から消えていた。どこへ？　宿の人にたずねると日本人と帰ってきてすぐまた出ていったという。

「あの連中、逃げたのかな？」

「そうだろうな」

まるで銀行員のようなねずみ色の背広を着た宿の人はいった。

「けっこう、いま、山の中に徴兵から逃げてきたヒッピーいるよ」

彼はぼくに封筒を手渡し「ふたりが君にと言って、コレ、おいてったよ」と意味深な笑いを浮かべた。

部屋にもどり封筒をあけると便箋がでてきて、HAVE A GOOD TRIP という走り書きの下にちいさな四角い紙片が貼りつけてあった。

その紙片にはレインボー&ホエールの絵がプリントされていた。

アシッド（acid）だ！

2
七〇年代は丘の上からはじまる。

新幹線の車中で、アップルハウスに行こうと決めていた。アップルは高校をドロップアウトして一九六七年に『ぼくらの大学拒否宣言』を発表した浜田哲生、高橋孝雄の両名が渋谷南平台にかまえたコミューンだ。禅に強くひかれていた自分には、どこかしら現実逃避の気持ちがあったと思う。すでに高校をやめてから二年が経ち、ぼくはすぐにも二十歳になろうとしていた。だからといって定職につく気はない。それでも、これからはじまる一九七〇年代を前に生活を変えてみたいという気持ちが、京都からの帰りの新幹線の車中で強くわきあがってきた。

東京駅から山手線で渋谷に出た。アップルの住所はわからなかったが、南平台にあるとだけ、頭にはいっていた。行けば見つかるだろうと、駅から246の坂道をあがり丘の上にむかった。

南平台は大きな屋敷が立ち並ぶ閑静な住宅地だった。塀越しに鬱蒼とした木立がのぞく。夏の空気は湿っていた。散策していると、高い石塀にはりついた木戸の上にアップルハウスの表札を見つけた。

塀の外から中は見えない。表に呼び鈴もなく木戸をあけ、中にはいったその瞬間、目に飛び込んできたのは雑誌で見た建物とはまったく、それこそ天と地ほどもかけ離れたその姿、圧巻の西洋館だった。

コミューンの主宰者は二十二、三歳の若者たちのはずだ。いま目にしている西洋館を借りられるような身分じゃない。いったい、どういうことだ？　と立ち尽くしていると背後で木戸をあける音がして、振りむくとサマースーツを着たキザったらしい男がはいってきた。目が合ったので、思わず「アップルは、ここですか？」と聞いていた。

「その奥だよ」と彼は指さし、西洋館へと消えていった。

奥にひっそりと隠れていた住宅を訪ねると、浜田さんが応対してくれた。

「メンバーにしてくれませんか?」

そういう言い方が正しかったのか、わからなかったが、ほかに考えつかず口にすると、浜田さんは何ひとつ、ぼくの名前さえも聞かずに、あっさりと承諾してくれた。

浜田さんは使い込んだローズウッドのデスクに座っていた。すこしウェーブがかかったマッシュルームカット、目は欠け切った月のような一重、唇も薄く、ヒッピー色は皆無、やり手のインテリといった印象だ。

デスクの上には筆記具の類に積みあげた本や雑誌、目にはいった表紙は羽仁五郎の『都市の論理』、マクルーハンの『人間拡張の原理——メディアの理解』、ほかに背のタイトルで確認したハンター・デイヴィス『ビートルズ』の原書、雑誌の『美術手帖』など。

初対面なのに、浜田さんとの対話はすこし熱をおびてきた。

「いま世の中でおこっていること、みんなが目にしていることのすべてはサワラの腹なんです。あっという間に消え去っていく。だけどアップルハウスは、ぼくにはサワラの鼻先に見えたんです」

「確かにアップルは名前だけはビートルズからきているけど、実態はぼくと高橋と、あとは君みたいに突然やってきてはいつの間にか消えているボヘミアンがいるだけのチッポケなものだね」

「ここに来たら、何か逆にでかいものを仕留められる気がしたんです」

「君の言うでかいものって、なんなのかな？」

「組織的なことでもないし、大金を得るでもないし、一番になることでもないんです」

それから、ぼくは浜田さんに高校時代のある経験を話した。高校は都下の基地の町にあった。ぼくはふたつのクラブの部長を兼任していた。ひとつは美術部。文化祭や体育祭のときには巨大な絵看板をいくつも制作した。催事のポスターも各クラブからたのまれて制作した。学内のアートに関することはぼくの仕事だった。美術部は工房だった。ぼくはウォーホルを気どっていた。学内では異色の人気クラブだった。

もうひとつのクラブは体操部だった。この運動は基本ひとりである。団体の競技も柔道や剣道も肌に合わない。体操はただスキルの向上を目指す。空中で体を回転させる。そのヘタをしたら大ケガもまぬがれないスリルの虜《とりこ》になってしまった。危険の代償はエクスタシーだ。少しオーバーにいえば、勝つことの悦びではなく恐怖を克服し未知なる感覚の次元へといいたるエクスタシーだ。

跳び箱を積みあげて高くしていく。跳び箱にむかい右足を蹴って疾走していく。感覚でつかんでいるポイントで、宙に高くジャンプする。弧を描いた体が跳び箱のふちにむかい落下していく。伸ばした両手が飛び箱に接触しその反動でふたたびジャンプする。体は宙で回転し着地するが、なめらかな動きをとらないと衝撃で脚を痛めてしまう。数十秒の物理的運動は、ぼくにとって何にもまさる快感だった。夏休みにはひとりで学校に行き、体育館でその運動に没頭した。

ある日、学校で全運動部の部長たちによる対抗戦の競技会が開催された。走り高跳びで、陸上部の部長とぼくの最終決戦になった。バーの高さはあがっていく。たくさんのギャラリーが息をのんで見守るなか、闘いはつづく。

ぼくにとって跳躍運動は、バーといった高さをしめす物を設けず、虚空をどこまでも高く飛ぶイメージを持って挑む競技だった。だから陸上部の部長が、彼にとって限界であろう高さに達したとき、ぼくはまだまだいける自信があったが、もう競技をやめにしたかった。

ぼくは疾走し、バーにむかってジャンプしたその瞬間から体の動きがスローモーションになった。バーも、その上の秋の青空も、取り巻くギャラリーたちも心配顔の体操部顧問の若くうつくしい女性教師も、すべてが目に映る。体はバーを余裕で越えていく。しかし右足が越えようとした、そのとき、わざと足の甲をバーに触れていた。そしてゆっくりと落下していくバーを目にとらえながら、ぼくの体はマットに落ちていった。

「君は競争が苦手なのですね」

「そうなりますね」

「アップルもおなじ考えだな。ここには、そんな連中ばかり出はいりしているから刺激にはなるよ」

ぼくはアップルのメンバーになった。

二階建ての住宅は一階が広いリビングにバス、トイレ、キッチン。小部屋がふたつ。階段の奥に二十畳ほどのオフィス。そこはアップルの主たる活動になっている、ビートルズ関連の上映会などを行うオフィシャル・ファンクラブ「ザ・ビートルズ・シネ・クラブ」の事務局になっていた。二階屋の並びにもう一軒、古色蒼然とした平屋の日本家屋があった。そこは「寺小屋」と呼ばれ、住む者はいなかったが、たまに政治的グループに集会や密会場所として貸していた。

アップルの暮らしは家賃は無し、電話代も光熱費も負担無し。その代わり月一回のビートルズ・シネ・クラブの例会を手伝う。当然、報酬は無し。

そこで、どういう問題がおこるか?

カネだ。欲しい物はいくらでもある。

レコード。人気ロックバンドや異色シンガーたちが、続々と新譜をリリースする。アメリカのアレも、イギリスのコレも欲しい。

そのころ映画は、アメリカはニューシネマ、フランスはヌーヴェルヴァーグ、イギリスも日本も大衆娯楽路線から逸脱した作品が勢いづいていた。そんな問題作が目白押しに映画館のスクリーンにかかっていて、見逃したら二度と見られない。ムリしてでも見に行くしかない。つまり映画のチケットが何枚も欲しい。

本も雑誌も欲しい。欲しい本はベストセラーものではなく、小出版社系の装丁がこった作品なので高くつく。渋谷道玄坂途中の恋文横丁に一軒、おじいさんが経営者の洋書、洋雑誌の古書店があって、ぼくの好きな仏版『ヴォーグ』のバックナンバーが入手できた。

服は古着がトレンドなので、祖父が一九二〇年代にニューヨークで仕立てた遺品のスーツを着ていれば体型も同じだったのでカッコがついた。スーツはカネがかからないが、それに合わせて浅草寺境内の泥棒市のような露店のマーケットで中古の乗馬ブーツを買って履いた。

カネは京都に行く前にそこそこ稼いでいた。欲しい物だらけの生活でも欲ばらなければ、なんとかまわしていけた。が、それも半年ほどでつきようとしていた。これはこまったぞ。アップルの空気からすると、バイトに出かけていくのは気がひけた。もしぼくがミュージシャンや役者やカメラマンといった表現者なら、仕事に出かけていっても空気になじむだろう。

アップルに何らルールがあるわけではないが、そんな空気が流れていた。カネだけのためにバイトに行くのなら、アップルに居候《いそうろう》している意味がなくなる気がしていた。

ある日、ポパイの恋人オリーブにソックリなノッポの女性が、突然訪ねてきた。彼女はぼくより四、五歳年上に見えた。そのときアップルにはぼくしかいなかった。応対すると、彼女はとなりの洋館にはいっているADセンターの社員だと告げ用件を語った。

「いますぐ、どなたか、ADセンターに来ていただけないでしょうか」

「何かあったのですか」

彼女は短めのタイトスカートにタートルネックの薄手のニットを着ていた。ぼくがはじめて接したオフィスレディだった。

「若い方の意見を聞かせていただきたいのです」

何ら事情を察することはできなかったが、その場に彼女がはこんできた妙に急《せ》いた空気にのまれ、用事もなかったのでADセンターにむかった。

ぼくの気持ちは高鳴りはじめていた。

両びらきの背の高いドアをあけてサッソウと館内に進んでいく彼女に、つまずきそうになりながらつづいた。

窓からの光が反射する木の床に、ぼくの目は釘付けになった。かなりの年代を感じる。ぼくは、祖父がニューヨークから一九二〇年代に持ち帰ったアメリカ製の生活用具が実家にあったので、幼いころから時を経た洋物のアンティークの放つオーラのようなものにひかれていた。

「ちょっと、見学させてください」と彼女に言うと、アップルに来たときは急いていたようだったが、いまは必要とする「若い方」を捕獲してひと安心したのか、いやな顔もせずに館内を案内してくれた。

最初に通された大広間には、レンガ造りの暖炉があった。その上の窓はアール・ヌーボー調のステンドグラスで、外光によって極彩色の光が投映された室内は教会のようだった。人はいなかった。そこでは葉巻のような匂いをかいだ。

別の部屋をのぞくと、数人がアメリカの探偵映画に見るようなデスクにむかって事務をしていた。アール・ヌーボー調の部屋に欄間《らんま》がつくりつけられた、はじめて目にするジャパネスク様式だった。その奥にはさらに、目をみはる八角形のサンルーム！　八面の高い窓から夏のきらめく光が射しこんでいた。そこではオレンジの匂いをかいだ。

そこを抜け、彼女が「ここがうちの社員食堂よ」と言った部屋は明治時代の鹿鳴館《ろくめいかん》の広間のようで、晩餐会でもひらけそうな壮麗な造りだった。そこにも暖炉とアール・ヌーボー調のステンドグラスがあった。エキゾチックな香辛料の香りをかいだ。

「二階にあがります」

腕時計を見て、足早になった彼女のあとにつづいた。ワックスで磨きこまれツヤ光りする木の階段を駆けあがっていった。

制作ルームという広間にはロングヘアーのいかにも自由人といった人たちが机にむかっていて、ADセンターという広告制作会社の社風を感じさせた。

その隣が会議室だった。彼女が「ここです」と扉をノックしてあけると、四十代と思われる五人の男女が大テーブルをかこんでいて、いっせいにぼくを見た。

彼女がみんなに「アップルハウスから来ていただきました」と紹介してくれた。

「森永です」と頭を下げた。

テーブルについていたのは制作部の幹部たちだった。

その中のひとり堀内誠一さんは肩にかかるほどのロングヘアに室内なのにつば付きの船乗り帽を被り、ひときわ異彩を放っていた。

女性は秋山照子さんひとり。秋山さんは話題になっていたヴィダル・サスーン風のショートヘアにシャツルックのボーイッシュなキャラクターだった。

彼女が、会社概要といま進行しているという仕事の内容を語ってくれた。

「ADセンターは、堀内が中心メンバーとなって設立された広告制作会社です。平凡出版と業務提携し、堀内が制作面で協力してきました。『平凡パンチ』の表紙イラストに大橋歩を起用したのも堀内です」

——はじめて堀内さんを見たのは渋谷の路上でだった。道玄坂途中を円山町へ抜ける一帯は百軒店《ひゃっけんだな》と呼ばれる裏町だった。ストリップ劇場、ラブホテル、大人のオモチャ屋、中華屋、焼鳥屋、お好み焼き屋、ジャズ喫茶やロック喫茶、カレーの名店ムルギー、一九二〇年代創業の名曲喫茶ライオン……。ある日、道玄坂から百軒店への坂をのぼるぼくの視界に、そのヒトが飛び込んできた。誰だろうなと思う間もなく、風をきり颯爽《さっそう》と歩きさっていった。ぼくは振り向いて、そのヒトのうしろ姿を見ていた。たったそれだけのこと。そのとき、そのヒトが何者かも知らず生業の想像もつかず、しかし、強烈な存在感が心にのこった。

やがて、そのヒトが堀内誠一というデザイナーであると雑誌で知った。堀内さんは澁澤龍彦とともに『血と薔薇』という芸術雑誌もつくっていた。

秋山さんの話はつづく。

「わたしたちは昨年、実験的に女性版『平凡パンチ』を制作しました。それが成功したので平凡出版はフランスの『エル』と提携し『アンアン』という女性誌を今年三月に創刊しました。『アンアン』のアートディレクターは堀内です。

堀内はもうＡＤセンターからは抜けましたが、いまはいっしょに新しい雑誌広告の制作を考えていて、いろいろな方に意見を聞いているのです。時代も変わり、広告のあり方にも大きな変化を企業から要求されています。わたしたちのクライアントは若い女性を対象にしたファッションメーカーです。だけど、いまはユニセックスの時代なので、広告にもそんな時代を反映させたいと思ったのです。そこで、前からわたしたちが気になっていたお隣のアップルハウスのどなたかに意見を聞かせていただこうとお越し願ったのです」

堀内さんがぼくに聞いた。

「君は言葉だと、どんな言葉がいちばん、好き？」

ヒッチハイクの途上で、なぜかいつも頭に浮かんでくる言葉があった。

「〝本来〟です」

「本来？」

「未来に対する本来なのか、よくわかりませんが、本来という言葉はいったい、いつ誰が考案したのか不思議に思っていました。そのとき何があって、その言葉が生まれてきたのか」

堀内さんは深くうなずいて、

「そうだね。君の言うとおりだね。ふだん何気なしに使っている言葉にこそ、深遠な哲学があるね」

秋山さんが「なるほど、本来は英語だとニュアンスはバック・トゥ・ザ・ルーツとなるのかしら。でも漢字だと二文字で語れてしまう」と声をはずませる。

「そうですね。いき過ぎてしまったことに対して『本来は……』とよく使いますね」

秋山さんとの対話で、すこし緊張もとけてきたので、

「英単語も不思議です」とぼくは言う。

「たとえば、どんな単語が？」秋山さんに聞かれ、ぼくは、

「いちばんはLIFEです。センター二文字がIFです。『人生にもしもは無い』と言われてますが、もしもの連続が人生のような気がします。ここにいまぼくがこうしているのも、もしも、もしも、もしもの一億のもしもの連続の結果です。それは星の運行、潮の干満のもしもまでふくめたものです。ほかに生きてくうえで大事なのはお金です。現金です」と

答える。

「CASHよね」

「Cのあとは、なんですか？」

「ASH。アッシュ？」堀内さんが大きな目を光らせ言った。

「それは『灰とダイアモンド』の灰のアッシュだね。現金は灰か！」

そこで堀内さんははじめて笑顔を見せた。

それから、みんなで英単語のダブルミーニングさがしがはじまった。

幹部のひとりが「このところジャイアンツ負けっぱなしだけど、理由、わかった。GIANTSのなかにANTSがあった」と笑うと、秋山さんが「アンツは蟻《アリ》よね。巨人は蟻だった、と。ANTならRESTAURANTも、そうね。これはひと休みする蟻のためのものかしら？　あと、これは？　ちょっとさみしいけど、この間、親友と絶縁したの。で、FRIENDにEND、終わりだって！」と手で宙にバツを描き、おどけて見せた。

堀内さんは「おもしろい」と低い声で呟《つぶや》いて、スケッチブックに何やら絵のように英単語を描いていた。「なんだ、FASHIONにもアッシュがあるよ」と見つけ「おもしろい、おもしろい」とくりかえす。

ぼくも「あとは、EARTHはセンターがARTだから地球は芸術、これはきれいな単語です」と、このダブルミーニングに気づいてからノートに羅列していった単語を思い出して口にした。

そんな言葉さがしにみんなで夢中になって時間が過ぎ、

「さて、さて、あなたのユニークさがよくわかりました。ひとつ、意見を聞かせてください」と秋山さんは言って、「この服はどんな広告にしたらおもしろいと思いますか？」とあるメーカーのパンフレットをさしだし、ぼくにアイデアを求めた。

六〇年代の流行であったサイケをエレガントにしたようなドレスだった。

「フラワー・トラベリン・バンドといっしょに撮ったら、どうでしょうか？」

「あのロックバンドの？」

秋山さんの声の調子があがった。

「それじゃあ普通かな。じゃ、モデルじゃなくて、木に着せるとか」

そのときぼくの脳裏には、ダリやキリコの絵画のようなイメージが浮かんだ。アップルでは一日中ビートルズのアルバム、『サージェント・ペパーズ』や『マジカル・ミステリー・ツアー』が流れていて日常の感覚はその幻想的な音宇宙にとけこんでいたので、そんなアイデアが口をついてでたのだろう。

「おもしろいこと考えるわね。ね、堀内さん？」

「変わっている」堀内さんが答える。

「どうも、今日はありがとう」

そこにずっと着席していたオリーブ似の彼女といっしょに、会議室をあとにした。

一階におり、「ちょっと、こちらに」と彼女に言われて暖炉の部屋にはいった。

「お受け取りください」

「何ですか？」

「今日の謝礼です」

アップルに戻ってすぐに封筒の中身を確認すると、欲しい物を買ってゆうに一週間は暮らせる金額がはいっていた。突然、思いもしなかったカネができた。

三日後、秘書のオリーブ嬢から電話で再びADセンターに呼び出しがかかった。行くと、秋山さんに「あなた、この服をどう撮ったらいいか、いま考えてみて」と言われ、その場で閃《ひらめ》きを口にすると、「そこに、どんな言葉をのせたらいいかしら？　明日までに書いてきてくれますか？」と仕事を依頼された。

翌日、「出会いの瞬間は未来からやってくる」といったコピーをいくつか書いて、というか、日ごろノートに書きしるしておいたフレーズに少し手をくわえただけだが、それを秋山さんに提出すると「オッケーよ。素晴らしいわ」と言われた。

その一週間後に秘書の彼女が、またしてもカネのはいった封筒を届けてくれた。そこには会議出席のときの謝礼の三倍のお札がはいっていた。

その後、秋山さんから、

「あなた、うちの嘱託《しょくたく》になりなさい。あなたのデスクを用意してあげます」

「社員になるのですか？」

「いや、仕事があるときに来てくれればいいんです」

それならばうけられそうだ。

アップルから毎日決まった時間に出勤するなんて、できようもない。うまく言えないが、早起きができないとか、怠け癖とかじゃない。アップルは、そういう暮らしの対極にある。

ぼくは嘱託だが堀内誠一や立木義浩、長濱治、花井幸子、金子功といったクリエイターを輩出したＡＤセンターの最年少スタッフとなった。

もう万博ははじまっていた。史上最大のスケールと言われる万博に、日本国民は熱狂していた。原子力発電をはじめそこには架空の「未来」像を仮設した奇抜な建物が群立していたが、ぼくは何ら興味をひかれなかった。未来的なるものに空虚ささえ感じた。

それでも秋山さんと東名を万博会場へと車を飛ばしマレーネ・ディートリッヒ公演を見に行った。はじめて世紀のスーパースターを、この目で見た。

コンニチハ、コンニチハ、セカイノクニカラ……三波春夫が朗々《ろうろう》とうたう万博ソングが国中に鳴りわたっていたが、その異様な明るさになじむことができず、ぼくは無意識のうちに、光が映す影を求めていた。

ADセンターの仕事をするようになってからも、ぼくの住処《すみか》はアップルだった。

あの日、京都の禅寺の門前で感じた、目の前に大海原のように横たわる「未来」の時間をぼくはクラゲのように漂っていた。

ADセンターの西洋館は通称「旧内田邸」。施主の内田定槌《さだつち》は明治時代にニューヨーク総領事やトルコ特命全権大使をつとめた外交官だった。竣工は一九一〇年、設計者はJ・M・ガーディナーというアメリカの建築家で、彼は重々しいレンガ造りの英国調が主流の時代に日本では珍しい木造のアメリカン・ヴィクトリアン様式の家を設計した。太平洋戦争時に東京にあった西洋館のほとんどは空襲で焼失したが内田邸は戦火をまぬがれ、戦後、進駐してきた米軍将校の宿舎として接収された。やがて米軍が去った後、一九五七年に堀内誠一たちが借り受けADセンターの社屋になった。

その時代、広告制作会社はほとんど電通本社に近い銀座の中心部のビルにあったが、ADセンターは教会や大使館しかない渋谷のはずれの住宅街にかまえた。同じ敷地内に拠点をかまえたアップルは、内田家から分家した宮入家から二階建て住宅を借り受けていた。機動隊に包囲されるような危なげな集団に貸していた宮入家も、世の常識からは逸脱した人たちだったのだろう。

ビートルズ・シネ・クラブの月一の例会にジョージ・ハリスン似のシタール奏者をゲストで招くことになった。打ち合わせのためにマネージャーの立川直樹さんにアップルに来てもらった。

しかし約束の時間の三十分前に浜田さんは急用ができ、しばし外出することになった。先に来たら応対しといてよと言われたので、塀まで見通せる玄関に座って待っていると時間ピッタリに木戸が開き立川さんと思われる人物が入ってきた。

「浜田さん、いる？」

気安く話しかけてくる彼は、まったく年齢不詳の、どこにでも見ることのできる長髪に髭の風貌をしていたが、フーテンともヒッピーとも違う気品を漂わせていた。

「いま外出していますが、すぐ戻ります。あがって待っていて下さいとのことです」

一階の居間にあがってもらった。そのころトワイニングの紅茶に凝っていた。

「紅茶、飲みますか？」

「あ、いいね」

「ダージリンか、オレンジペコか、アールグレイの、どれにしますか？」

「ダージリン」

浜田さんが戻って来るまでの間、ぼくらはイギリス式に午後の紅茶を楽しんでいた。

「あっちとか、どうなってんの？」

「あっちって、なんですか？」

ぼくらはそれからマリファナの話をした。

「ディランがジョン・レノンにマリファナ教えたんだよ」

「それでロックンロールからロックになっていったんですね。それまではアンフェタミンですものね。ところで、紙はどうですか?」

「何、もってるの?」

「夏に京都に行ったときアメリカ人からもらったやつがあるんですけどね」

「あるの?」

「あります」

ぼくは自室においてあるノートをとりにいった。表紙の裏側にテープで貼りつけたセロハンの袋と中に紙片を確認し居間に戻った。「これです」とノートの表紙の裏側を見せ、袋をはがして渡した。彼は紙片を凝視すると、「おもしろいデザインだね」と感想をもらし、ぼくはヒッチハイクの途上で出会ったトムとジェリーの話をした。

「本名じゃないみたいですけど」

「トムとジェリーじゃね」

「カリフォルニアで製造してるみたいですね」

「いろいろ種類があってね。有名なところでは、ウィンドウペイン、パープルヘイズ、オレンジサンシャインとかね」

「グレイピラミッドもありますね」

「あるね。でも、レインボー&ホエールというのは、はじめて聞くな。名前からするとハワイ産かもね。ジミヘンがマウイでライブやったろ。そのとき出まわった新種かな」

「半分ずつ、しますか?」

「くれる?」

「いいですよ」

ハサミを部屋に取りに行き、戻り、セロハン袋から紙片を出して半分に切って彼に渡した。

そこに浜田さんが戻ってきた。

ふたりは二階のオフィスへ上がって行った。例会のことで細かい打ち合わせがあるのだろう。十分ほどで彼はおりてきた。

「マッケンジーって言うんだ?」

「アップルでつけられたんです」

「ぼくはミックって言われてるから、これからはお互いニックネームで呼び合おう」

「また、あそびに来てください」

「そうするよ。ぼくは青山でサンラザールっていうクラブやっているから、マッケンジーあそびにおいでよ」

ミックは自宅と店の電話番号を紙にメモして手渡してくれた。そして、「じゃあな」といって貴公子然とした後ろ姿を見せ、木戸へ向かい、途中、ADセンターの建物を立ち止まって眺め一息つく素振りをし、塀の外へ消えた。すぐに車が発進するエンジン音が聞こえた。

ADセンターの仕事は増えていった。主な仕事は、『アンアン』に一クライアントあたり六ページの広告を制作することだった。一号にいくつも制作した。

アップルには、世間では幕を閉じていく六〇年代のカウンターカルチャーの残り火が灯っていた。

寺子屋では定期的に左翼系文化人グループの集会が開かれていた。ある日、ADセンターでの仕事を終え母屋に帰るときに、明かりのついている寺子屋をのぞくと二十名ほどの顔見知りの新聞記者や評論家、活動家たちが集まり、彼らを前にパリに長く住んでいたというグラフィックデザイナーが講義をしていた。その人は六八年のパリ五月革命も経験していた。デザイナーが語る中で「コミューン」というコトバが耳に入り、自分がアップルという都市型のコミューンにいることもあって興味がわき、聴衆の後ろに座りこんだ。デザイナーはパリ・コミューンの歴史を語っていた。

「いまからちょうど百年前のことです。時の政府に不満を持つ労働者たちが社会に対する発言力を求め、革命運動をおこし政府を倒しました。そして市民自治政府を樹立した。それがパリ・コミューンと呼ばれました」

よく見ると、聴衆の前列には浜田さんも高橋さんもいる。寺子屋を管理しているのは高橋さんだ。寺子屋は高橋さんが会長をつとめるローリング・ストーンズの新しいファンクラブの事務局にもなっていた。高橋さんはフランス映画社からの依頼をうけゴダールが監督したストーンズの『ワン・プラス・ワン』の日本語字幕を制作していた。翻訳したのはアップルに出入りしていた私大の仏文科の学生だった。その日の講義は高橋さんの仕込みのようだった。

デザイナーは語る。

「この革命に一役も二役も買ったのがジャーナリズムでした」

ここで聴衆の中から「異議なし！」と声があがった。学生運動の集会の常套句《じょうとうく》だったが、幾人かの失笑がもれた。ぼくも時代おくれだと感じた。講義は刺激的だった。

「その時代、印刷技術が大きな発展をとげ、簡単に新聞や雑誌を刷れるようになりました。つまり、情報を素早く広範に伝達することが可能になりました。それにより、政府に対する告発も市民全体へと野火のようにひろがったのです。つまり、歴史上最初のコミューンは印刷物の影響力で誕生したのです。そこには言語を超えた伝達手段としての、いまでいうイラストレーションやグラフィックデザインが重要な役割を果たしました。それが二十世紀のプロパガンダの先駆となったロシア・アヴァンギャルドや最近のベトナム戦争反対のサイケデリックポスター、パリ五月革命のシチュエーショニズムにまで発展していったのです」

その夜、久しぶりに浜田さんと話し込んだ。それぞれ寺子屋の講義の感想を語り合ったあと、ぼくはＡＤセンターで仕事をしていることを伝えた。

「アップルも、この先いつまでつづくかわからない。自立が大事だよ。創作で食べていけたらいちばんいい」

広告のコピーが果たして創作といえる仕事なのかはわからないが、少なくとも文を書くことがカネになっている。ずっと好きでノートに書きためてきたことがアップルに来て、たまたま隣がADセンターだったことにより、そしてオリーブ似の彼女が訪ねてきた日にぼくが応対したことにより、思いがけず仕事につながった。

それは、自分が望んだことではない。天から降ってきたようなチャンスだった。

しかし広告のコピーは歌詞や詩や小説と違って、作者名はどこにも表記されない。そんな物足りなさを口にすると浜田さんはうなずき、迫るかのように、

「森永は、結局、何をやりたいんだ？」

「そういう浜田さんは、今後もアップルをつづけていくつもりですか？」

「高橋の考えもあるけど、ぼくは小野洋子さんに興味があってね。彼女と今後いっしょに何かやっていけたらいいなと思っている」

アップルは反戦活動を通し、ジョンとヨーコのコネクションを持っていた。

「小野洋子さんの、どんなところに惹かれるんですか？」

前衛芸術家としての魅力を語ると期待していたのに、浜田さんは、

「あの人、思索するとき足の指を上下させるんだ。それがおもしろくてね。ぼくも真似したらなかなかいいアイデア、浮かぶんだよ」

と言って爆笑した。

「それより、森永は何やりたいんだ？」

「社会を動かすところまでいかなくても、人に影響を与える印刷物ですかね。そんなものを作れたらなと、いまは思っています」寺子屋で聞いた講義に感じるところがあった。

「影響か？　それが望み？」

「だって、浜田さん、ぼくらはビートルズやボブ・ディランをはじめ寺山修司とかいろんな文化の影響の合成物ですよ」

言葉が勝手にぼくの口から飛びだしてくる。

「ビートルズだってプレスリーの影響でしょ。プレスリーだって黒人音楽の影響でしょ。黒人音楽だってアフリカの影響でしょ。アフリカだってたぶん宇宙の影響でしょ。宇宙はきっと神の影響でしょ。じゃ、神はいったい何の影響か。そこで、すべては汝自身の中に、になるんでしょ」

「ここに来たとき、サワラ漁の原理って言っていたな。変なこと言う奴だなと思ったよ。

君もぼくも学校をやめて、もう先生はいない。だけど、自分がこの人はと思う人を自分のマスターにするといい。ビートルズはマハリシ・ヨギにだまされたけどね」

トコさん、脇田さんに次いで、浜田さんのその一言が心に刻まれていた。

3

水の星の姿に〝本来〟を直感する。

松浦くんがアップルにやってきた。彼は高校の同級生だった。松浦くんは大井町の団地にひとりで住んでいた。彼の父親が札幌に転勤になり、母親も小学生の妹もついていった。松浦くんは東京に残った。

ひさしぶりに会い、桜ヶ丘の喫茶店マックスロードに行った。私立の大学生になった松浦くんはぼくもいっしょに働いたことのある芝浦埠頭の倉庫でまだ働いていた。日本人が普通にコーヒーを飲むようになり、豆の消費量が増加していた。中南米から貨物船で東京港に運ばれ荷揚げされたコーヒー豆を倉庫からトラックに積み込む。

「森永、覚えてる？　芝浦の銭湯」

「覚えているよ」

「あのとき、おれの世界観が変わった」

松浦くんはそのことを言いに来たのか。


——ある日、倉庫の仕事を終え、ぼくらは田町の駅へと歩いていた。橋をいくつか渡り田町の駅前商店街に近づくと、運河のドブ川のような悪臭をかき消し、ガスの匂いが強烈に鼻を突いた。眼がしみる。

「催涙弾だ!」松浦くんが言う。「たぶん、芝浦工大だよ」

過激派の拠点となっている芝浦工大の学生と機動隊の衝突があったのだろう。町には催涙弾の匂いは残っていたが、すでに学生の姿も機動隊の姿もなかった。

「銭湯に寄ってこ」と言う松浦くんのあとにつづいた。脱衣場には裸を扇風機の風にあてていたりスポーツ新聞を読んでいたり、十人ほどの全員入れ墨をいれた男たちがいた。港町なので港湾事業を仕切る裏社会の組織もあって、その筋の者たちだろうと察した。

洗い場にも二、三人、入れ墨者がいたが彼らはすぐに脱衣場へあがった。湯船につかり、「ヤクザ?」と松浦くんに言うと、「どう見たってヤクザだよ」ぼくはうなずき、「やっぱり、そうだよな」とガラス戸越しに脱衣場の男たちをぼんやりながめていた。

男たちは服を着はじめた。みんな同じ紺色の制服だった。それは機動隊の制服だった。

「機動隊員だったんだ」松浦くんが言った。「おーし、行くぞ」。リーダーらしき男の掛け声に「おーす！」と男たちは勇ましく呼応し、勢ぞろいした彼らは脱衣所を出ていった。まるで映画を見ているようだった。


「だから世間の、テレビで見るような現象がどこまで本当なのか、おれはわからなくなってしまってさ」

松浦くんの様子がすこしおかしい。

「何なんだよ、急に」

「機動隊にヤクザがまぎれ込んでいるんだよ」

「おかしいぞ、お前、今日」

「世の中なんて変わんないよ」

「世の中なんて、幻想だよ」

「お前は何したいの？」と松浦くんに聞かれ、

「まだ、わかんないよ。何をやっても楽しいけど、勤め人になって六十歳で退職みたいなのは嫌だな」

答えを適当にはぐらかしたが、それは半分本音だった。

「ちょっとは先のことを考えろよ」

「先って、なんだよ？」

「おれは大学を卒業したら電通に行くよ。いまも反米なんて騒いでいるけど、すぐに日本は完全にアメリカ帝国主義にのみ込まれていくよ。みんなアメリカ型の生活様式になり、衣食住のすべてが大量生産、大量消費の時代になるんだよ」

松浦くんは話すとき前髪を手で払う癖があり、そうしてから、さらに持論を述べた。

「そこで重要なのはアドバタイジングなんだ。宣伝で消費は美徳だって大衆を洗脳するのさ。アメリカ帝国主義の手先になるんだけどな、おれは電通に行くよ」

「勤め人になるんだ？」

「お前は高校のときからヒッピーだったけど、これからはそんな態度じゃ、やっていけないよ」

「大量生産活動が中心の社会は間違っている。お前と議論する気はないけど、おれは間違っていると思う」

夢中になって話し込んでいると、すでに黄昏《たそがれ》が桜ヶ丘に忍び寄ってきていた。松浦くんに「どこか飲みに行こう」と誘われたが、彼との会話で頭が言葉漬けになったような気がして、またの日にしようと別れた。

松浦くんは先に進んでいく意志を示したが、何か思いつめているように感じられた。

南平台へと坂をのぼって帰る道すがら、「大量生産活動が中心の社会は間違っている」と松浦くんには言ったものの、その発言とは裏腹に毎日この地球で大勢の子供が産まれ、戦争や飢餓や病気で大勢の命が消えていく。人類の生存形態そのものが大量生産、大量消費なんじゃないか。どうしようもないことなのかもしれないと思案する自分がいた。

誰かが置いていったのだろう、居間の低いパレット型のテーブルの上に『ホール・アース・カタログ』があった。黒い大判の表紙を飾っていたのは宇宙に浮かぶ青い地球の写真だった。

寺子屋で聞いたコミューンの講義は、このカタログに触れ、「これからのアメリカを変える重要な印刷物だ」とデザイナーは熱く語った。

アップルにはビートルズに心酔しジョン・レノンのメッセージに胸を焦がすような十代の若者が出入りしていた。彼らの中には、翻訳を仕事にしようとしている堤雅久や金坂留美子もいた。ふたりはケネス・アンガーやウディ・アレン、バックミンスター・フラーに関心を抱いていた。

彼らはそのころから銀座の洋書店で雑誌や本を入手し英語で読んでいて、イギリスで発行されていたビートルズのファンジンの記事を彼らが翻訳し、シネ・クラブの会報に掲載した。

下手な評論家より先をいっていた無名の彼らは、自分たちが読んだ本をアップルに置いていった。いいものはみんなでシェアするという空気がアップルにはあった。『ホール・アース・カタログ』も誰かが置いていったのだろう。

手にとって開いてみると、いろいろなカテゴリー別に無数のツールが紹介されていた。どうやらDＩＹ（Do It Yourself）の精神に貫かれたムダのない創造的な暮らし方を提唱しているようだった。

しかし、それがいまの自分の暮らしや意識と、どう直接関係してくるものなのか、あるいは何の関係もないのか、さっぱりわからなかった。それでも大阪万博よりはるかに未来的な世界観が漠然とながら感じられ、何よりも日本語にすれば「全地球」というタイトルと宇宙に浮かぶ地球の写真の表紙そのものが、七〇年代というこれからの時代への重要なメッセージに思われた。

人類は昨年、莫大なカネをつかって月面に立ったが、そこは何の生物もいない死の星だった。そこで発見されたのが『ホール・アース・カタログ』の表紙に見る生命感あふれる生きた星、「水の惑星」地球だった。それこそが「本来」のヴィジョンだった。

――『ロック・ヴォイス』という、日本で初の新聞形態のロックマガジンを創刊する。発行元は当時ピアノよりもエレキギターやロックのレコード販売に力をいれはじめていたヤマハの池袋店。編集はアップル。広告制作の仕事には慣れてきたが、雑誌の編集はまったくの未経験だった。それを知っていたのに浜田さんは「やらないか?」と誘ってくれた。寸分の間もおかず「やります」と即答した。

ある日、レイアウトと写真を担当する小暮徹と主筆になる長沼行太郎のふたりを紹介された。彼らは浜田さんと同世代で、ぼくとは二、三歳しか年が違わなかったが、ずいぶんと年上に感じた。小暮さんは芸術家肌というよりひょうひょうとした浅草の芸人のような人柄で、声はギターの五弦あたりの音で冗舌だった。一方、長沼さんは日本人離れしたハンサムなインテリ顔だった。ぼくらが読んでもチンプンカンプンのサルトルの原書をすみずみまでフランス語で理解できる知性をそなえていて、天は長沼さんには甘いな、二物を与えてさ、と思わずにはいられなかった。

「これは長沼の企画なんだけど、創刊号で頭脳警察の特集をすることになった。たしか立川直樹さんがマネージャーやっていたはずなんだ。マッケンジーから立川さんに連絡して取材を申し込んでくれないか？　長沼がインタビューする」

「わかりました。聞いてみます」

「マッケンジー、よろしくな」

長沼さんと小暮さんにも言われた。みんなでバンドでもやる気分だった。おっ、四人だ！ビートルズだ！

翌日、ぼくは立川さんことミックに電話した。『ロック・ヴォイス』創刊と特集企画のことを伝えるとミックは、たしかに去年までマネージャーはしていたが、もう自分は降りたんだと言った。「でも、うちの二階にあいつらいるから聞いてあげるよ。パンタとトシのふたり？　それとも、パンタだけ？」と聞かれ、「パンタだけです」と自分の判断で答えた。頭脳警察はヴォーカル＆ギターのパンタとドラムのトシのふたりだった。曲はパンタがつくっていた。

「会うのはどこにする？　アップルに行かせようか？」

「アップルで」

パンタは全身黒ずくめのスナイパーみたいなカッコで、ひとりアップルにやって来た。ステージに立つときは革命を煽動する過激なアジテーターのイメージだったが、インタビューの席では長沼さんの質問に突っ張った様子もなくマジメに答えていた。小暮さんが写真を撮る。

ぼくは傍《かたわ》らでインタビューのやりとりをノートに記録していた。速記するのはヒッチハイクのときにいつも浮かび上がってくる言葉を走り書きしていた経験がものを言った。長沼さんがパンタに聞く。

「解散するということだが？」

「ええ、第一期の任務が終わったという意味です」パンタが答える。「しかし頭脳警察自体に解散はない。六九年から裸のラリーズやぼくらは大学のバリケードの中で活動してきた。セクトに支持されてきた。それが、いったいどうロックと関係あるのか疑問に思うようになった。正直、うんざりしている」

ボールペンを走らせる。すこし鼻にかかったパンタの肉声を生け捕りにしている緊張を感じていた。

「政治とロックと言うとオーバーかもしれないけど、それはちょっと違うと感じている。ぼくらは政治運動から離れよう離れようとしているのだけど、どうしてもついてまわる。ぼくらは革命的ロックをやるんじゃなくて、ロック的革命をやりたいんだ。それはロック自体の解体であり、ステージから街へということなんです」

ぼくが日ごろノートに書き散らしている言葉とはまったく違うが、風に舞ううちにひとつの枝でからみあうこともあるだろうと感じる自分がいた。

パンタが腰に携帯しているカービンナイフを指して、「それは何のため？」と長沼さんが挑むように質問をぶつける。「これはアクセサリーじゃない」と、パンタは語気を強める。ペンに力がはいる。

「テロに対するぼくなりの武装です。ナイフはぼくの危機意識そのものです」

アップルから去って行くパンタを玄関から見送っていた。その後ろ姿に驟雨《しゅうう》のように頭脳警察の歌が駆け抜けていった。

『ロック・ヴォイス』には、レコードレビューをよく書いた。レコード会社をまわり、新譜の見本盤をもらう。宣伝部には海外のロックアーティストたちのプロモーションフィルムが眠っていた。

アメリカやイギリスから送られてくる16ミリのフィルムを集めて上映会をしたらどうだろう。閃きを各レコード会社の宣伝部に提案すると、会社にとってはプロモーションになるので、前例はないが無料で貸し出してくれるという。

これは、アップルとは別に自分の自主企画でやろう。上映場所を探した。渋谷のロック喫茶をまわったが、どこもフィルムを上映したことなどなく断られた。新宿で探すうちに何度かあそびに行っていた厚生年金会館前のロック喫茶ソウルイートがやらせてくれることになった。

16ミリフィルムの映写機やスクリーンは、渋谷区役所で無料で借りることができた。だから元手をかけずに上映会を開催でき、入場料を店側と折半しても、ぼくにもそれなりの収益が残った。ぼくが映写技師をつとめた。だから一人でできた。『ウッドストック』などのドキュメンタリー映画が劇場では上映されていたが、日常的にロックの映像に触れることはできない。ロックフィルムの上映会は定期的に開催できるほどの人気になっていった。

積みあげられた二十台ほどのテレビモニターにボクシングの試合の実況中継が流れ、芸大の学生たちが弦楽四重奏を奏で、人形作家が電気ノコギリでヴィーナスの石膏像を解体するパフォーマンスを披露し、客席全体に白い粉が舞っていた。

アート・フェスティバルを見に行った赤坂の草月会館で偶然ミックに会った。

「このあと、時間ある?」と聞かれ、何の予定もないと答えると、

「じゃあ、これから、サンラザールに行こうよ」

と誘われた。ミックの運転するスカGに乗って赤坂からネオンひとつない暗い青山通りを青山三丁目に向かった。交差点を右折し、さらに闇が深まる外苑西通りにはいった。すぐにミックは車を路上にとめ、ビルの地下へと下りて行った。

薄暗い空間にプログレッシブ・ロックが流れていた。ふたりでソファに座った。

「ここ、ミックの店なの？」

「オーナーは別。銀座でキラー・ジョーズっていうディスコやっている人でね。ここは、好きにやっていいよって、まかされたんだ」

少し離れた席で、横尾忠則と並ぶ人気イラストレーター、宇野亜喜良が取り巻きのピーコックファッションの若いクリエイターたちと歓談している。一九二〇年代のパリにも、こんなふうに、藤田嗣治やジャン・コクトーやマン・レイたちがたむろするクラブがあったのだろう。

「この店ではどんなことやってるの？」ミックに聞いた。

「この間はフェリーニの『サテリコン』公開に合わせた仮装パーティーやったりね」

ぼくはロックフィルムの上映会の話をする。上映作品にはローリング・ストーンズやクリームの長篇ドキュメンタリー物も加わっていた。

「それ、ここでもやろうよ」

「16ミリのフィルムがおもしろいと思ってね」

「『ロック・ヴォイス』読んだよ。パンタのインタビュー、おもしろかったよ」

「ミックは、なんでマネージャー、やめちゃったの？」

「もともと彼はぼくがやっていたバンドのボーヤだったんだ。それでぼくがプロデュースして頭脳警察でデビューした。バンド名はパンタが好きなフランク・ザッパの『ブレイン・ポリス』からきているんだよ。それで、なんだっけ？　なんでやめたか、だったね。それは、ぼくがやりたかったことと、なんか、思いきりちがう方向に行っちゃったからね」

「政治的すぎた？」

「そう。マッケンジーも政治的なのは好きじゃないだろ？」

「そうですね。学生運動とかは」

放蕩《ほうとう》的なボヘミアンにしか見えないミックだが、話しこむうちに芯に厳格さを感じた。多くの人は風潮に流され、自分には甘く他人には厳しくというタイプだった。ところがミックは自分に対する厳しさを、人には見せないが、強く内に秘めている気がした。

その夜はふたりでビートルズの『サージェント・ペパーズ・ロンリー・ハーツ・クラブ・バンド』を聴きながら、あの歴史的なレコード・ジャケットに並ぶ人物たちをお互い思いつく限りあげていった。

ミックがトニー・カーチス、メイ・ウエスト、ディランと三名あげたので、ぼくはマーロン・ブランド、アインシュタイン、シャーリー・テンプル、タイロン・パワーの四名をあげた。つぎにミックがオスカー・ワイルド、レニー・ブルース、マリリン・モンロー、オルダス・ハクスリー、ウィリアム・バロウズと五名あげ、ぼくはテリー・サザーン、エドガー・アラン・ポー、ディラン・トーマス、ビアズリー、カール・マルクス、ジョニー・ワイズミュラーと六名をあげ、ミックはバーナード・ショー、フレッド・アステア、ユング、ローレル&ハーディ、ディオン、ルイス・キャロルと七名、ぼくは八名を記憶庫のなかにさがす。アレイスター・クロウリー、サイモン・ロディア、サー・ロバート・ピール……。「そのロバート・ピールって、誰だっけ?」ミックに訊かれ、「英国の警察制度つくった首相です」「あっ、そうだっけね」、つづけてジョージ・オーウェル、サトクリフ、アラビアのロレンス……「こんなとこかな?」とぼくは尽きた。ミックはまだ名をあげていく。「あれ、ビートルズの蝋人形除くと五十九名いるんだよ。ほかにドイツの現代音楽の作曲家のシュトックハウゼンもいたな。あとラリー・ベルっていう画家とかさ、ソニー・リストンというヘビー級のボクサーもいた」

その夜、別れるとき、「じゃあな」とミックはいい、ごく自然に握手した。握手するのは、トムとジェリーについで三人目だった。

4 友とギターで歌をつくる。

「今日、どこ行くの？」

百軒店の入り口で会ったウッディに、ぼくは聞いていた。

「BYGの地下で、はっぴいえんどのライブがあるんだ」

「それもいいね」

「マッケンジーは、どこ行くつもりだったの？」

「ブラックホーク。今日、ビューティフル・デイの新譜がはいってるはずなんだ」

「そうだったね。あとで、ブラックホークに行こう」

渋谷の街で足を運んでいるのは、百軒店の音楽喫茶だ。五分も歩けば、ひとまわりできてしまうその一角に、モダンジャズとロックとクラシックの音楽喫茶が五軒ある。各々の店が誇る音響設備から大音量で流れてくる名曲に耳を傾けながら、読書をしたりノートにペンを走らせていると、あっという間に半日は走り過ぎてしまう。それほど百軒店はぼくの生活と一体になっていた。

寺山修司の『書を捨てよ、町へ出よう』や植草甚一の喫茶店についての魅力的なコラム、はっぴいえんどの『風来坊』など、心にとどめていたものが重なりあい、この気持ちにピッタリくるのが渋谷の百軒店だ。ブラックホークというロック喫茶に毎日のように通っていて、そこはロック喫茶でありながら、手に入れるのが難しい輸入盤の英国トラディショナルフォークを流していた。

ブラックホークには人気の選曲家がいる。名を松平惟秋《マツダイラタダアキ》といい、江戸将軍家の末裔《まつえい》だった。松平さんのロングヘアは奇麗で、服装も襟つきの無地かギンガムチェックのシャツに夏でも英国調のスーツを合わせるというスタイル。街にいても特別な存在感を放っていた。

松平さんの趣味に合っていたのか、ぼくのリクエストにはたいてい応えてくれた。たとえばヴァン・ダイク・パークスとか。ディープ・パープルじゃ無視されてしまう。ぼくには「森永くん、今日、レオン・ラッセルの新譜はいりましたよ」と声をかけてくれる。

原則として店内では私語禁止にもかかわらず、友人はできた。ハリー・ニルソンをリクエストしようと思っていると、客のひとりがぼくより先にリクエストする。同じアーティストのアルバムを競い合うようにリクエストしたことが何度もあって、自然に相席するようになったのがウッディこと若林純夫だ。

吉田シゲルというアート系プロデューサーから、ロックフィルム上映会の規模を拡大してやらないかと誘われた。会場は渋谷西武百貨店の特設会場。一週間の上映会が成功したこともあって、その後も、はっぴいえんどが出演する16ミリ版のアートフィルムを制作し、その映像を上映する特設ステージで彼らが演奏するコンサートや、ロンドンのポートベロー・マーケットを再現するような BE－IN の開設などと仕事がつづき、気がつくと百貨店の宣伝部や催事会場に足を運ぶ日々になっていた。

ある日、浜田さんと高橋さんにアップルを出て自分の部屋を借りる気持ちを伝えると、浜田さんから近々アップルは解散すると聞かされた。

「みんなそれぞれの道を行く時が来たってことだな」

と感慨深げに高橋さんは言った。ビートルズ・シネ・クラブは浜田さんが継続し、高橋さんはまだ先のことは何も決めてないと言う。

「ウマくいってるんだ？」と浜田さんに聞かれ、

「オフィスつくろうって誘われてるんです」

そこでぼくは、吉田さんが十歳ほど年上で、立体作品の芸術家だけど芸術では食えないので百貨店の仕事をしていると話した。

「その仕事に集中してみようかなと思っているんです」

「やってみなきゃわからないから、その姿勢は正しいよ」

浜田さんもアップル以後のすべてのことに、そう感じていたのだろう。

ぼくは神泉に見つけたアパートに移り住み、実家から不要になっていた家具を運び込んだ。吉田さんとのオフィスは代官山のマンションを借りた。ぼくは給料生活者になった。

ADセンターのように仕事がある時だけ行けばすむ生活ではなく、毎日出勤し、企画会議をし、企画書を書き、宣伝部に通い、企画が通れば準備に入り、催事の実現に向けて奔走する。

毎日、時間に追われる生活になった。

北海道の百貨店からも、総合プロデュースの依頼がきた。そうなると一カ月、札幌のビジネスホテル暮らしとなった。

無性にヒッチハイクに出て行きたい衝動にかられた。なんだかわからないが、すべてを投げ捨ててしまう時が来る予感にもとらわれていた。

――十七歳、冬だった。あらゆるところで社会は壊れていた。街は戦場だった。自分の居場所はどこにもなかった。ベトナムに直結した基地の町を、夜はうろついていた。ある日、たまに顔を出すスナックに行くと、店の主人が「ストーンズの新曲、入ったよ」と言った。「入る」とはジュークボックスに新曲のシングル盤がセットされたということだ。

ぼくはコインを投入し、曲が流れてくるのを待った。ジュークボックスのスピーカーなどチープなものだったのに、流れてきた『黒くぬれ！』は、たえず上空を飛び交う米軍機の騒音に慣れているはずの耳に、これまで聴いたこともない衝撃波となって襲来した。いったい何が自分の身におこったのか？　まったく自覚できず、ジュークボックスの前に立ち尽くしていた。

一夜明けた早朝、ぼくは家を出た。

ヒッチハイクをしていると、町に対する感応力が研ぎすまされる。野宿が基本なので、どんなことが身にふりかかってくるかわからない。町の気配を嗅ぎとる必要がある。

目に見えていたわけではないが、渋谷は新宿のような大都会へと再編成されていく気配を漂わせていた。百軒店にもものけが蠢《うごめ》いているような空気が消え、裏町のさびれた色に染まり、ブラックホークからもぼくの足は遠のきはじめた。

下北沢は町の中心でカンカン踏み切りの警報機がなっていた。地べたにも宙空にも電車が走っていた。線路沿いに洋画専門の二番館があった。町中に信号機を見ない。スーツを着たビジネスマンも見ない。町の端から端まで簡単に歩いていけ、商店はどこも店構えが小さく、古本屋は趣味の良い本を扱っていた。一流レストランはないが、そこそこの味の食堂はそろっていた。空気は肌に心地よくなじみ、流れる時間は南の島の浜に寄せるさざ波のように優しかった。

代官山や渋谷で仕事を終えると、電車で下北沢に向かった。行きつけの店が一軒あった。古い民家を改装したようなジャズ喫茶のマサコだ。がたついたガラス戸をあけて中に入ると、年季の入ったソファが置かれ、サロンのような開放感にあふれている。他のジャズ喫茶と違って、私語も禁止されていない。

主人は中年の女性で、サラ・ボーンのような豊満な体にアフリカの民族衣装をまとい、肩にはいつも熱帯産のモンキーを座らせている。そのマサコのママのモンキーは下北沢の名物だ。

客もジャズ愛好家が集うというより雑多で、年齢層もバラバラでポップアートを論じる駆け出しの画家やロバート・キャパに憧れる無名の写真家たちの隣の席では、白髪の品のいいおじいさんがパイプをくわえている。音楽もジャズばかりでなく、時にはブリジット・フォンテーヌの『ラジオのように』が流れた。ママは写真が趣味らしく、自分で撮ったマル・ウォルドロンのポートレイトをパネル張りにして壁に飾っていた。ほどよい文化の香りがする。

松平さんも、ウッディも常連客になっていった。マサコでウッディと過ごす時間が増えていった。彼とは同い年だった。

ウッディは衣食住のどんなことにも熱心に取り組んでいた。べつにお金に恵まれていたわけではない。彼はミュージシャンだったが、音楽だけでは食えないので、渋谷のコーヒー屋の雇われマスターとして働いていた。吉祥寺のアパートに何度かあそびに行った。部屋はアンティークの家具、調度で統一され、行ったこともないロンドンの宿にいる気分になった。

アパートでウッディが淹《い》れてくれたコーヒーは、どんな専門店で飲むよりも美味しく感じた。ウッディが作るほうれん草のカレーは幾種類もの香辛料が調和する風味がした。ウッディはギター・プレイも抜群だった。フォーク詩人高田渡や『走れコウタロー』がヒットした山本コウタロー、漫画家のシバたちと日本初のジャグバンド、武蔵野タンポポ団を結成し活動していた。ウッディのギターは一音一音に独特の風味を感じさせた。ピカソが着ていたようなブルーの横縞の丸首シャツや、色あせたぶかぶかのデニムのオーバーオールが似合っていた。

ある日、マサコでウッディが言った。

「オリジナルの歌を作れとタンポポ団のメンバーに言われてるんだ」

「作ればいいのに。あんなにおいしくコーヒー淹れられて、カレーだってあんなにおいしく作れるんだから、簡単に歌なんてできるよ」

「それがさ、歌詞が書けないんだ。マッケンジー、書かない？」

「なんだ、そんなことか」

と、バッグからノートを取り出しウッディに手渡した。

「その中にあるよ」

ウッディは黙々とノートをめくり、あるページで手を止め、かすかに声をたて、読んでいる。

「これ、いける！」

「どれ？」

のぞき込むと、それは札幌に出張した大雪の日に書いたものだった。

「これ、書き写していい？」

「いいよ、ぜんぜん。気に入った？」

「もう、メロディーが浮かんできた」

翌日、代官山のオフィスにウッディから「歌ができた。今日、店は八時に閉めるから、来れる？　聴かせるよ」と連絡がきた。店に行くとウッディは、ギターケースから愛用のアコースティックギターを取り出し、丁寧に調弦し、一音一音イントロの旋律を奏で始めた。

君の　あでやかな脚が　月の光の中で
軽やかに　踊ります　月の光の中で

中音域をウッディの声が滑走してゆく。札幌の白銀世界に見た幻が、鮮やかによみがえってくる。

札幌出張の日々は、仕事が終わると夜な夜なネオン街を徘徊した。二十二歳の自分には知らない街のバーは気後れする。気安くもぐり込めるのはストリップ劇場だった。舞台に立つひとりの若い踊り子に恋をした。一晩に二回も見た。ふんぱつして舞台上の彼女に薔薇の花束を贈っても、返ってくるのは安っぽいライトに浮かび上がる一瞬の艶笑。客席と舞台の間には、何をもってしても橋のかからない空漠が広がっていた。終演後、楽屋口で彼女を待つこともできただろうが、彼女に寄せる想いはそんな現実的なものではなかった。

さっき空は　雪をぜんぶ　散らせてしまい

ぼくは　いつかの　思い出みたいに　座っている

ウッディは歌っている。ぼくは脳裡に幻を追っている。
札幌に行って自分に残ったのは、この歌だけだったのかもしれない。
やはり勤めを辞めよう。
ウッディは歌っている。

古いコートの匂いで　胸がいっぱいになったら……

この歌がラジオの深夜番組で流れはじめた。
はじめて、自分の言葉が見知らぬ人の心に届いていると感じた。

5
森の中の小屋に住む。

二十三歳になっていた。何かアテがあったわけでもないが、衝動的にオフィスを辞め、同時に渋谷にいる意味も感じられなくなっていた。そんなとき、マサコでウエイトレスをしているユミさんが、「誰か、うちの一階に住む人、いないかしら？」と客に話をしていた。

「そこ、まだ、空いてる？」

「空いてるわ。住む？　ものすごく変わった家よ」

「何、変わってるって？　まさか、お化けが出るとか」

「お化けどころじゃないわよ。家主が下の階も貸したいって言うんで、誰かいないかしらと思って。ただ、普通の人には絶対住めないと思うの。見てみればわかるわ」

ユミさんによれば、もう亡くなっているが、元々の持ち主はフランク徳永というハリウッド帰りの映画監督だという。建物は古い造りの二階建てで上階に彼女と夫が住んでいる。そこがどんなに変わった住居か、好奇心も手伝って見に行くことにした。ユミさんが描いてくれた地図には、「石原裕次郎邸」、「東宝撮影所」などとあり、撮影所の裏というか縁《ふち》に当たる部分に「フランク邸」と記されていた。

成城学園駅前から五分ほどで、高い塀に囲われた大邸宅に「石原」の表札を確認した。そこで、住宅地は終わっていた。その先は急に道が狭くなり、歩き進むと、地図では右側だったが、実際は行く手の左側に雑木林が出現した。季節は初夏。樹々は斜面に繁茂《はんも》し、みずみずしく輝く葉が空をおおっていた。その林の向こうに色のない四角い建造物が立ち並ぶ光景を見て地図を確認すると、そこが撮影所だとわかった。

フランク邸は雑木林が下に広がる道沿いの斜面に立っていた。外観は何十年も前に白いペンキが塗られたままと想わせる板張りのアーリーアメリカン調の平屋に見えた。ユミさんからは自分たちは上階にいて、下階の借り手を探していると聞いていたので、ここではないのかなと表札を確認したら、彼女の苗字だった。

呼び鈴を押すと、ユミさんが現れ「こっちよ」と、家屋の脇の、ボロボロになった低い木戸を開けた。あとにつづいて、もはや原型をとどめぬくらい壊れた石段を下り、そこで「下階」の意味を理解した。地上階の下に地下室があったのだった。それは斜面を垂直に掘り下げてつくった住居だった。撮影所のほうから見れば、そこは一階でユミさんの家は二階になる。外観は山小屋のようだった。

「ここよ」

鍵のかかっていない埃をかぶった硝子《ガラス》戸をあけると、そこはとても住居と言えるような空間ではなかった。まるでいつか映画で見た一九三〇年代のカリフォルニアの酒の密造所じゃないか！

薄暗がりに目が慣れてきた。目をこらした。

床はコンクリートだった。二十畳ほどの部屋には一本の角材もなく、森から切り出してきたような大木が、そのまま何本も柱となって立ち低い天井に波うつ梁《はり》が交差していた。部屋の一角に低いバーカウンターがあり、その内側は壁一面、何層もの棚になっていた。その下のタイル張りの炊事台には水道と簡易なガス台があった。

バーカウンターの向かい側には河原から拾ってきたような大振りの丸い石を積みあげた暖炉があった。壁は漆喰だった。三十センチ四方の小さな木枠の窓が両サイドに、それ自体が装飾のようにはめられ、外を見ると雑木林の向こうに撮影所が広がっていた。ハリウッドが「夢の工場」といわれたように眼下に広がる光景は煙突のない殺風景な工場の敷地のようだ。

「ね、あたしが言ったとおりでしょ」

ユミさんは、得意げな調子で言う。

「すべてがアンティークですね」

「人によっては値打ちがあるかもね。でも、人によってはお化け屋敷みたいなものね。あたし、夕御飯の支度してたから、上に戻るわね。じっくり見て、考えるといいわ。帰るとき、また声かけてね」と言って、ユミさんはぼくを一人にしてくれた。

それから三十分ほど、その部屋を見回ってすごした。巨大な帆船の舵《かじ》が間仕切りのように設置され、その奥には外の雑木林の斜面を大きな窓越しに望める空間があった。ここをベッドルームにしよう。コンクリートの床は板張りにしよう。漆喰の壁はきれいに塗りなおそう……。もう改装の計画を練っていた。キッチンの棚もペンキを塗ろう。カウンターはそのままにしよう。

時間だけはたっぷりある。時間こそが、ぼくにとって他の何ものにもかえがたい財産に想えた。カネの使い道より時間の使い道に思いをはせる心地よさ。ぼくはいつからか、時間について考えるようになっていた。

カネは使わなければ貯まるが、時間は使おうが使うまいが、どんどん消えていく。命と同じ。カネは人に貸したり、あげたり、預けたりできるが、時間はそうはいかない。

自分だけの時間を持つことが、じつはいちばん大事なことだ。戦争になったら、そんなことは許されない。眠りだけが自分だけの時間だったら悲しすぎる。ぼくが禅に関心をもったのも、この時間と深く関係がある気がする。

石段をのぼり、呼び鈴を押した。

「どうせなら、ご飯食べていきなさいよ」

とユミさんに言われ、あがらせてもらった。建築事務所に勤務している夫は、いつも帰りが遅いらしい。下と違って現代風に改装したダイニングキッチンの大理石らしい石板のテーブルで、ユミさんお手製のロールキャベツをご馳走になった。

「決めた?」

「住みます。家賃いくらですかね?」

「家主の話だと一万二千円ということなの。敷金も礼金も無し」

そのときの自分の生活資金は五万弱。決意は固まった。

「改装しても平気ですか？」

「しなきゃ、住めないでしょ」

「コンクリートの床に板、張ります」

「うちの旦那は大工仕事が好きだから、道具はなんでもあるのよ。貸してあげるわ。あと、撮影所の中にホームセンターがあるから、便利よ」

計画した。神泉のアパートから改装のため一カ月、フランク邸下階に通う。作業で汗まみれ埃まみれになるだろう。簡易な水洗トイレにシャワーがあったが、駅前に立派な構えの銭湯があった。力仕事のあとの銭湯は、さぞ気持ちいいだろう。芝浦埠頭での荷役仕事の帰り、松浦くんとよく行った銭湯の快感を思い出していた。

「ところで、フランクという人は、ハリウッドで何してたんですか？」

「俳優。日本人ではじめてハリウッド映画にでたっていう。大変な人気だったみたい。一九二〇年代ね。それで、日本に帰ってきてから、監督になったっていう話よ」

「それで撮影所の裏に家を建てた？」

「カリフォルニアでの奥さんとの暮らしを懐かしんで、こんな変わった家を建てたんだって」

「うちの祖父は、たぶん同じころアメリカに住んでいたんです。ニューヨークですけど。ここには導かれてきた感じするな」

「じゃ、家主に連絡しておくわね」

「お願いします」


それからの一カ月は、まるで夏休みのようだった。ユミさんに声をかけられ上階で食事をご馳走になったり。なにしろユミさんの料理の腕前はプロはだしで、まだ東京に専門店があったとは思えないタイ料理をすでにものにしていて、ぼくは香辛料の効いたスープの麻薬的な美味しさの虜になっていった。

ウッディは休みの日にギターケースを抱えて助っ人に来てくれ、作業が一段落すると、撮影所を見下ろす雑木林の空地に座り、ギターを弾いていた。帰りには銭湯で気分一新し下北沢で降りてマサコに寄り、松平さんに改装の経過を報告した。松平さんは、完成した折には祝賀会をやりましょうと心待ちにしてくれた。

ぼくは以前、高校時代の友人から聞いた二・二六事件をおこした将校の日記の中の言葉「太陽の光を全身に浴びて、大地を心ゆく迄踏みしめたい。すがすがしい新緑の木の葉の匂ひを肺臓一杯吸ひたい。さうして精一杯働きたい」を思い出していた。ぼくが作業していたのは地中だけど、そんな気分だった。おかしなことだが、あれだけ習慣化していたのに、その一カ月は物を書く気分になれず、一度もノートを手にしなかった。

ボールペンを持っていた手は、ユミさんの旦那さんから借りた大工道具になじんでいった。

大工仕事がこんなに楽しいとは知らなかった。体操とはちがった、静かな神経の高揚を感じる。

持ち込んだポータブルプレイヤーでは、くりかえしマーヴィン・ゲイを聴いていた。ロックは大工仕事には合わなかった。アイザック・ヘイズやバリー・ホワイトを聴いていると、作業に集中できた。たぶん、フィジカルな、正確にひとつのリズムパターンを打ちつづけるソウルは、もともとダンス音楽なのでノレるのだ。相性がいい。孤独な作業に喜びをもたらしてくれる。

家の改装に没頭していたころADセンター時代に何度も仕事をともにした写真家、沢渡《さわたり》朔《はじめ》さんから連絡がきた。

「森永くん、テレビコマーシャルに出演してくれないか。トヨタのカローラ・スプリンターが今度、4ドアタイプの新車をだすんです。その〝4〟にひっかけてビートルズのイメージで撮ることになったんです」

「やります」即答した。

「じゃ、明日、銀座まで来てくれないか」

「行きます」

翌日、銀座の制作会社に出向くと社内スタジオに通された。「ほぼ、決定してるんだけど、いちおうモデル候補者の映像を電通とスポンサーに見せることになってるんです」とプロデューサーが言い、カメラテストを受けた。

数日後、プロデューサーから連絡がはいり、撮影のスケジュールと出演料が告げられた。その金額は当座の生活の心配を吹き飛ばしてくれた。マサコに行って、松平さんに一連の話をすると「今度はマサコだけじゃなく、毎日、テレビで森永くんに会えるってことだね」、はじめて、松平さんの笑顔を見た。

セットが組まれたスタジオには沢渡さんの撮影チームのほかに制作会社、代理店、クライアントの大勢の関係者が集まり、そこに他の三人の出演者もいた。

まず、このCMのスタイリストも兼ねた早川タケジ。早川さんはタイガース解散後、ソロ歌手としてトップスターにのぼりつめていった沢田研二の衣装デザインをしている。そして二百八十万枚を超えるメガヒットを記録したフォーク・クルセイダーズの『帰って来たヨッパライ』やサディスティック・ミカ・バンドのほとんどの曲の作詞をした松山猛。松山さんはエッセイストとしても活躍している。もうひとりは『プーサン』という諷刺漫画で知られる漫画家横山泰三さんの子息で、湘南のサーファーにして写真家の横山泰介だった。以上四名。ぼくは前に松山さんと並んで座り、後ろに早川さんと横山さんが立ち全員両手で鳩を抱えている。ディレクターの合図に合わせて、いっせいに鳩を放つ。そんな演出だ。

CMがテレビで流れると、松浦くんから連絡があった。

「もしかして」

「トヨタの？　そう、俺だよ」

「電通？」

「そう。お前は電通に入ったの?」

「入ったよ。だけど、名古屋勤務だよ」

松浦くんは念願の電通に入社はしたものの名古屋支店に配属され、ラジオ局の営業業務についていると言う。

「まさか、お前が電通の仕事をやるとはな」

「出演しただけじゃん」

「それでも、うらやましいよ」

松浦くんは、いまの仕事に満足していないようだった。


ぼくの新しい住居は完成し、友人たちが集まって祝ってくれた。松平さんは自分でこしらえたという薔薇のドライフラワーを、ウッディは輸入雑貨屋で見つけたというロンドン・ポップ調のユニオンジャック柄の枕カバーを、アップルハウスに出入りしていた女の子たちはみんなで相談して銀座ソニープラザで買ったというホーロー製のポットとカップのセットをプレゼントしてくれた。ほかにも仕事やマサコで親しくなった人たちが集まってくれた。ユミさんは、ピザを焼いて運んできてくれた。ウッディが歌い、ちょっとしたミニコンサートのように、みんなで生の音楽をたのしんだ。

家具はベッドだけを新調し、あと必要なソファ、テーブル、椅子、キャビネット、照明器具は小田急線沿線の古道具屋などをめぐって買い集めた。周囲の環境といい、フランク邸の異色さといい、室内の造りといい、ほかではちょっと見かけないライフスタイルだったのだろう。どこかで聞きつけた雑誌社が取材にきたり、ファッションやタレントの撮影隊が訪れるようにもなった。

しばらくは新居の暮らしをたのしんでいた。何も仕事をするつもりはなかったが、ADセンターで生まれた人脈が仕事を運んできた。カメラマンの依頼で料理雑誌に連載をはじめた。何かひとつ選ばれた料理をプロの料理人が作り、それを凝ったシチュエーションのイメージ写真に撮り、ぼくが寓話らしきものを書く。『アンアン』に音楽コラムを書いた。エッセイも書くようになった。広告コピーも書いた。ウッディがやってきて、曲づくりも進めた。好きな絵も描いた。

成城のお屋敷は、政財界のお偉方たちが高い塀をめぐらして暮らしていた南平台と違って、手入れの行きとどいた庭を道から鑑賞できるほど低い生け垣で囲っていたので、開放的な心地よさを町に感じた。住人のほとんどは作家や映画監督、芸術家といった文化人だった。家も庭も個性的だった。

成城の生活には何の不足もなかったが、半年も過ぎたころ、毎日夕方になると雑木林に群れなして飛来し暴力的に叫ぶ尾長鶏たちが、「そんな暮らしで満足してるのかい！」と挑発しているように感じはじめていた。

心地よい暮らしは退屈だった。

6 相棒は今夜もホラを吹く。

はじめてストーンズの『黒くぬれ！』を聴いたときの情景は鮮明に記憶しているのに、はじめての酒はいつ何を飲んだのか、覚えていない。はじめての煙草も覚えていない。しかし酒をうまいとはじめて感じた夜のことは覚えている。

ある夜、ぼくはウッディと新宿ゴールデン街にいた。ふたりで作った歌をレコードにしたいとレコード会社からウッディにオファーがきて、制作ディレクターと会うことになった。そのとき、ディレクターのすすめでズブロッカというポーランドの酒を飲んだ。ボトルの中にひと茎の薬草がつかっていて、ヨモギの匂いを放つ透明な酒をショットグラスに注ぎ、ストレートで飲む。それも、ボトルを冷凍室で表面に霜がつくほどキンキンに冷やしておく。まだ味覚の冒険など一度もしたことのないぼくの舌や喉が、陽気に踊りだした。

それから、ひとりでそのバーに足を運ぶようになった。新宿という街には何の魅力も感じなかったが、路地裏のバーでズブロッカを飲む時間に、自分が知らない世界へと足を踏み入れて行く高揚感を味わっていた。

バーの客は、二十歳も三十歳も年上の人がほとんどだった。シベリアの収容所の話を聞いた。亡命という言葉も聞いた。小さなバーに流れる時間の彼方に、大人たちの忘れようもない闇が広がっている気がしていた。

年輩の常連客たちは企業の重役や大学教授、医者や翻訳家、演劇の演出家だとわかってきた。その人たちと生業《なりわい》がまったく違うように思われたが、客の中でいちばん目立っていたのがジローさんだった。

その夜、ジローさんは常連客のひとりとアメリカ映画『スティング』の話をしていた。ぼくも劇場で見ていた。ポール・ニューマンとロバート・レッドフォードが共演したギャング映画。彼らが敵方のギャングのボスをスマートな手口でひっかける《スティング》。舞台は一九三〇年代のシカゴ。脇田さんが好きそうなアメリカ映画だった。

「あたしゃ、ジローさんが言うほどいいとは思わないけどね。だいいちラブロマンスがなかった！」

「いったいお前さんは、映画の何を見てんだい？」

「じゃ、ジローさんよ、お聞きしますけど、その見方ってなんですか？」

「ただじゃ教えてやんないよ。どうだい、ハイボール一杯で？」

「それこそスティングじゃないでしょうね？　ま、いいや。ママ、ジローさんにハイボール」

黒々とした長い髪に異様なほど白い肌の、全身から妖艶さを漂わすママは、

「ジロー、ツケも払わないで」と文句を言いながらハイボールを作っている。

「じゃ、『スティング』の何を見るべきか、教えてしんぜよう。シカゴ駅のシーンがあったろ。全景からそこの売店の棚へとカメラがパンする。なっ！　そこの棚にラッキーストライクがあっただろ！」

「そんなとこまで見てないよ！」

「お前さんたちインテリは脚本がどうの、役者の演技がリアルとか、主題がどうのこうの能書きばかりたれてなっちゃねえんだ。映画でいちばん肝心なのは香りだよ。英語だとサ

ムシング・エルスな」

「じゃ、ジローさんよ、『スティング』のそのサムシング・エルスってなんなのかね？」

「だから言っただろ。ラッキーストライクさ。パッケージの色さ。いまは白地に赤だけど、あの時代のラッキーストライクのパッケージはグリーンだったんだよ」

「馬鹿らしい。そんなこと知らなきゃ、どうでもいいこってしょ！」

「バッカもん！　どうでもよくない！　映画は頭で見るもんじゃゃなくて、目で見るんだ！」

話は平行線のままつづく。やがて客は「退散、退散。浅草に、退散」と言って腰をあげ、店を出ていった。

「まったく頑固な野郎だ」とジローさんは舌打ちした。その夜は珍しく他に客はおらず、カウンターにジローさんとぼくだけになった。

「『スティング』、おもしろかったですよね」

ジローさんに話しかけた。

「きみはどう見ても若いのに、おもしろかったか？」

「ええ。アメリカのああいう二〇年代、三〇年代を舞台にした映画はけっこう好きです」

「そうか。ファッションも車もいいだろ。映画は目で見るんだ。頭じゃない！　な、そうは思わんか？」

「ジローさん」はじめて名前を呼んだ。「その見方で、一番好きな映画は、なんですか？」

「よくぞ、聞いてくれた。答えてもいいけど、どうだい若いの。答えはハイボール一杯と交換だ！」

「いい加減にしなさいよ、ジロー！」ママが諭《さと》す。

「いいですよ。ジローさんにハイボール出してください」

「そうこなくっちゃ。では、答えてしんぜよう。それはだな、ビリー・ワイルダーの『お熱いのがお好き』さ。サム・ライク・イット・ホットな。小屋で十四回、見てるからな。知ってる？」

「知らないです。スイマセン」

「無理もない。一九五九年の映画だからな。きみなんて、まだ小便小僧だろ」

「九歳です」

「あれはな、散々遊び尽くした奴じゃないとおもしろさはわかんない」

「遊び過ぎて破滅したのが、ジロー、あんたでしょ」ママが突っ込む。

「俺は後悔してないよ」

と吐き捨てるように言って、ジローさんはトイレに立った。座っているときも大柄と感じていたが、立つと百八十センチはあろう偉丈夫で、日本人離れした体格だった。髪はオールバックだった。黒人ジャズミュージシャンのような髭をはやしていた。

「何者ですか？」

声をひそめてママに聞いた。

「むかしは、ジャズ界の有名なフィクサーだったのよ。でもギャンブルで、人生、失敗してね」

水を流す音がしたので、ママとの会話を終えた。席に戻ったジローさんは、

「まったく、今夜はしけてるな。客が来やしない」

「ジローさん、どうですか、ハイボールもう一杯？」

「もらおうか」

「もうひとつ、聞いてもいいですか？」

「いいよ。きみは若いのに、『スティング』が好きなんて見どころある。なに聞きたいんだい？」

ジローさんの態度に媚《こ》びを感じたが、気にせず訊いた。

「フランク徳永って人、ご存じですか？」

「知ってるよ。ハリウッド映画に最初に出た日本人だろ。それが、どうした？」

「じつはぼく、その人が建てた家に住んでるんです」

「ほんとかい!?」

「はい。成城にあるんです」

それが運命の瞬間だった。


目覚めるとソファにうつ伏せになっていた。なぜ、ベッドに寝てないんだ？ ベッドを見ると、ジローさんが高らかにいびきをかいて寝ている。どういうことだ？ 記憶がない。朦朧《もうろう》とした頭で時間をさかのぼるが、なにひとつ手がかりをつかめず、そのうちまた眠りにおちた。

成城大学の学食で、ジローさんと食事をしていた。

「きみはバーで会ったときから見込みあると、俺はにらんだけど、たいしたもんだ。気に入った。いまどきあれほどの家に住んでる奴はいない！」

「はあ、そうですか。ところで、昨日はどうなったんですか？」

と思いきって訊いてみた。

「覚えてない？」

「ええ。フランク徳永の話、したあたりまでは覚えてるんですけど」

「ま、それで、じゃあ見てみるかと俺が言ったら、きみが行こうって言ったのさ。何にも覚えてないのかい？」

「ええ。こんなのはじめてです。ぼくは酒飲むようになったの最近なんです。記憶なくなるんですね？」

「そりゃ、量飲めばなくなるさ」

「ジローさんも、記憶なくなったことある？」

「あるよ。フィリピンに行ったとき、マニラに三日いたのに、裸の女がホテルの廊下走ってる記憶しかないんだよ。あと何にも覚えてない」

「幻覚みたいですね」

「別にラリってたわけじゃないんだけどな」

「ジローさん、ラリったりしてたんですか？」

「ラリるって言葉、俺がつくったんだよ」

「どういうことですか⁉」

「いやね、俺はむかしジャズバンドやってたのさ」とジローさんは過去を語りはじめた。

バンドのリーダーはジローさん。楽器はドラムスだった。毎晩クラブのステージに立つ。メンバーの誰かがかならずヤクをやっている。ヘロインだ。

「音出す前に、誰がヤクやってるかわかってないと、ステージめちゃくちゃになるだろ。そこで、俺は考えた」

「何をですか？」

「ステージにあがる前にメンバーにマリリン・モンローって言わせたんだ」

「どうなるんですか？」

「ヤクやってると、舌がもつれてラリリン・ロンローってなっちゃうんだよ。それで、ラリるってなったんだよ」

大学の学食で、ぼくらは昼間から与太話《よたばなし》をしている。混雑するランチタイムをさけ、午後遅く来ている。その時間、食堂に学生はまばらで、今日はひと組の女子学生しかいない。「ゴルフ部の部長」「先輩」「シュークリーム」といった言葉が、転がるような笑い声の狭間《はざま》に漫画の吹き出しのように飛び出してくる。のどかといえばのどかなキャンパスの昼下がり。ジローさんが言う。

「不良のスラングは、俺がつくったの多いよ。イカすも、俺だよ」


駅まで歩いていき、そこで別れるのかなと思っていたら、改札には向かわずそのまま駅を通り過ぎ、桜並木をいっしょに歩いていく。

「ジローさん、帰んないんですか？」

「昨日、住むことにした」

「そんな話、しました？」

「何にも覚えてないのかい？」

「覚えてないです」

「いっしょに住むって話、したんだ」

「だってジローさん、自分の家とかあるでしょ。家族とか？」

「何にもない。前はあったけど、いまは何もない」

「住むとこも？」

「ない。前は赤坂のホテル暮らしさ。だけど、いまは何もない。カネもない」

ジローさんの共同生活が、突然はじまった。

ジローさんは、そのとき五十歳ほどだったか。新宿で出会ったときは、無宿無職の一文無しだった。要はぼくの家の居候になったわけだが、主従関係ははじめから逆転していた。ベッドに寝るのはジローさん。ぼくはソファ。当初は飲み食いのすべてをぼくが払った。

居を得たジローさんはやる気を取り戻し、雑誌に連載もはじめた。人気のエッセイスト植草甚一の才能を最初に発見し、ジャズ評論家としてのデビューをお膳立てしたジローさんは、前々から植草甚一の本を独占的に出版していた晶文社から処女作の執筆依頼を受けていた。その日暮らしもままならず、断っていたその申し出をついに引き受けた。

料理道具などないに等しかったキッチンに、フライパンや鍋がそろっていく。ジローさんが印税の前受金《バンス》や原稿料で買ってきたものだ。カリフォルニアのふたり組のアーティストが製造した料理道具がジローさんのお気に入り。名をTAYLOR & NGという。ジローさんから教えられた。ふたりは前衛の彫刻家だったが、フライパンや鍋を作って売り出した。マルセル・デュシャンが便器を芸術作品と見なして展覧会に出品した事は痛快だった。ウォーホルは大量生産される洗剤のパッケージやスープ缶のラベルをアートの題材にした。二十世紀は芸術作品と生活用品の境がなくなってきていた。

「ひとりはチャイニーズ系だから、彼らのつくったフライパンは西洋のものと中華鍋が折衷してんだよ。使いやすい！　しかも、料理が楽しく感じる！」

「このあいだ、ジローさんが焼いてくれたステーキ、おいしかったなあ。あんなおいしいステーキ食べたのは、はじめてですよ」

「あれもフライパンの力なんだよ。だけど、日本でTAYLOR & NGを知ってる料理人なんていないよ」

夜も遅くなってフランク邸に戻ると、ジローさんはコクヨの定型四百字詰め原稿用紙にボールペンを走らせている。ジローさんは書き進めている単行本のタイトルを『極楽島ただいま満員』と決めていた。世間の風潮なぞものともせず、毎日の気分はスウィングしているのだろう。

仕事の手を休め、ジローさんが世の快楽の筆頭とする会話の時間に入る。絵や映画を見るのも、音楽を聴くのも、本を読むのも、料理を食べるのも、ポーカーゲームをするのも、ボクシングもセックスさえも、ジローさんに言わせれば会話のヴァリエーションにすぎない。

「ジローさん、忘れられない思い出ってなんですか？」

ぼくはまだ謎に満ちたジローさんの身上を探ろうと、誘い水を向ける。

「それはな、自分だけの栄光だって思っているエピソードだよ。人には、話してないんだ。話すと、色褪《いろあ》せる気がしてな。でも、いいよ、マッケンジーは友だちだから、話してあげるよ」

「ぼくは、ジローさんの友だちですか？」

「この年になって若い友だちができるなんて、思わなかったよ。ま、バディ、相棒だな。『スティング』も『真夜中のカーボーイ』も『スケアクロウ』も『イージー・ライダー』も、みんなバディムービーだろ。『お熱いのがお好き』もな」

「うれしいです」素直な気持ちだった。

「人生には、奇跡のようなことが、あるとき起きるんだ。言っとくけど神様なんて、ぜんぜん関係ないよ。その記憶は死ぬまで色褪せない」

「ぼくにはまだそんな記憶はないです」

「そのうちできるさ。ま、長い話になるから、ハイボール飲みながらやるか」

「じゃ、作ります」

ジローさんからハイボールのレシピは伝授されていた。カウンターのなかに入った。冷凍庫から氷を取り出す。棚には外国産のウイスキーがある。まず、グラスに氷をたっぷり。しばらくおいてグラスを冷やす。ウイスキーをそそぐ。これは好みの量。そこに冷やしたソーダをそそぐが、その割合はウィスキー1に対してソーダ3。そこで、ジローさんは指揮棒をふるコンダクターみたいに大きなジェスチャーでいう。

「マッケンジー、マドラー、縦、縦にふれ！　縦、縦だぞ。横にふるな！」

「オーケイ、ジローさん！」

で、ジローさんと飲んでいる。頭の中に『A列車で行こう』のイントロが炸裂する。ジローさんはデューク・エリントンの話をはじめたのだ。

「デュークと会ったのは一九六四年だ」

そうか、ジローさん本人にも酒場の男爵《デューク》みたいなとこがあったな。それもホラ吹き男爵かな。放浪者は列車のタダ乗りでほうぼう行くからアメリカで、ホーボーって呼ばれるようになったんだぜ、ってジローさんが常連客に言っていた。「また、ホラ吹いて」と、その客は返していた。

「そのときデュークは初来日さ。羽田に迎えに行ったよ。俺が呼んだようなもんだからさ。

そのままデューク御一行様と大阪へ飛んだ。初日、大阪だったんだ。同じホテルに泊まった。夜、デュークの部屋を訪ねた。あたたかく迎えてくれたよ。そこで、俺は子供のころから尊敬していたと伝えた。レコードは全部聴いた。戦争中はジャズは敵国の文化だからってな、演奏もレコードで聴くことも禁止された。でも、コッソリ聴いていた。非国民と言われようと、デュークのジャズを聴かずにはいられなかった」

ジローさんが手にするグラスは空になっていた。二杯目を作る。

「ふたりでどんな話、したんですか？」

「前から俺が思ってたことがあってな。訊いたんだ。『A列車で行こう』のことな。あのA列車とは何か？」

「ハーレムからブロードウェイに行くニューヨークの地下鉄のことじゃないんですか？」

「みんな、そう思ってる」

「だから、あんな軽快なテンポ。摩天楼の街を疾走する」

「でもな、デュークともあろうものが、ただの地下鉄の音楽なんか作らんだろうと、俺は読んだ。なんか、そこには深い意味があるだろうと！」

「それを本人に訊いた？」

「訊いた」

話の核心にはまだはいってないのに、ぼくの心はかなりの高揚《ハイ》へと向かっていた。デュークもジローさんも巨漢だ。大阪のホテルの、ふたりだけの一夜を想像した。熱心に語りかけるジローさん。椅子に座り静かに耳を傾けるデューク。ふたりの間には、人種のちがいを超えた絆《きずな》がいま生まれようとしている。

「あのA列車には黒人奴隷が乗っていた？　俺はデュークに訊いた」

「奴隷？」

「そう。南部の農場で働く奴隷さ。それも、収穫したサトウキビを積んだトラックに身を隠して逃亡をはかる奴隷さ。そのトラックのことを、奴隷はスラングでAトレインって呼んでたんでしょ？　と訊いた」

「そしたら、デュークは何と？」

「深くうなずいて椅子から立ち上がり、ジロー、お前の言うとおりだと、俺の体を抱きしめた」

「それが、一生の思い出ですか？」

「それじゃない。翌日、それはコンサート会場で経験した。ハイボール、もう一杯もらおうか」

カウンターのなかに入り、ハイボールを作った。マドラーは縦にふる。あの二十世紀を代表する曲に、そんなに深い意味があったとは。イントロのフレーズを口ずさみながら、マドラーを縦にふる。グラスをジローさんに運び、訊いた。

「それで、翌日、何があったんですか?」

「デュークはホテルで俺に言ったんだ。ジローの気持ちはよくわかった。明日、お前のために一曲プレイしよう。何をやってほしい。訊かれて、俺は答えたさ。いちばん好きなのは『林檎の木の下で』だって。そしたら翌日、ステージでデュークが、ジローに捧ぐと言って、その曲をプレイした。その瞬間、俺は席から立ち上がり、通路に出て踊りだしちゃったのさ!」

ジローさんは椅子から立ち上がり、ハアーと耳に届くため息をつき、トーンの落ちた声で話をつづけた。

「そのときのことは、一生忘れないね。俺はそのときわかった。自分が本当に好きなもの、楽しいと思うことを追い求めていると、奇跡が起こるって。だから、マッケンジーな、お前さんも自分が楽しいと思うことだけをやっていきな。そうすれば、いつかかならず一生忘れられないようなことを経験するときがくる」

「それは、自分にしかわかんないことですね?」

「それでいいんだ。それで、心がどれだけ豊かになるか。カネじゃ買えない夢なんだよ」

7 危ない彼女に恋をして。

アップル時代から足になじんでいた桜ヶ丘の石畳の坂道を歩いていた。向かう店は、「看板はないが黒革に金の鋲《びょう》うちのドアがあるから、そこだよ」と仕事で親しくなったグラフィックデザイナーの深水直文さんが、教えてくれた。店には名前もないらしい。

彼の美大時代の同窓生が開業するバーの、オープニングパーティーのお誘いだった。酒はおおかたいける体質《くち》になっていたので、飲みの誘いにはたいがい応じていた。

黒革のドアが目に入った。会員制の店のようだった。高級感に物怖《ものお》じしつつ扉を開けると、客でごったがえしていた。「こっちこいよ」深水さんが声をかけてくる。

彼の座るテーブル席につくと、

「紹介するよ。いまいっしょに仕事しているマッケンジー」

と横に座っている女性に紹介された。

「ここのママ。学校一のあばずれオンナだよ」

「そんなむかしの話、やめてよ」

深水さんと同級なら、ぼくより三歳年上だ。二十七、八か。明かりのせいか、角度によって銀色に光るピンクの口紅が、その年齢にしてはどぎつい印象を与えた。

「ゆっくりしてってね」

彼女は席を立ち、客と言葉をかわしながら、カウンターのなかに入った。ぼくはずっと彼女の動きを目で追っていた。ドアも高級なら、光沢のある服も高級に見えた。床に突きささりそうなハイヒールを履く女性なんて、ぼくのまわりにはひとりもいない。なんとなく、「モンローみたいだなぁ」と思った。

客のほとんどは彼女の同級生か後輩らしい。建築家やバンドマン、デザイナー、宝石商、スタイリスト、カメラマンなどなど。インドの修行僧みたいなバンドマンと話すと、彼女は学生のころ、彼の組んでいたソウルバンドについて都内のディスコをいつも一緒にまわっていたという。

「あいつはステージでライト浴びて踊ってたんだよ」

「あばずれ？」

「ま、高級なね」

カウンターに空席を見つけて移ると、彼女が前にやって来た。

「マッケンジーはどんな仕事してるのよ？」

馴《な》れ馴れしいな。でも悪い気はしない。

「なんでも。いまはシャツメーカーの仕事。ポスター作ったり、展示会やったり」

「あたしと会うの、はじめてだよね？　でもなんか前に会ったことある気するな」

「テレビじゃない？」

「何に出てた？」

「車のコマーシャルに」

「そうだ。トヨタの。あれ、けっこう斬新な演出よね。音楽もよかったし」

「音楽はミッキー・カーチス」

「あんた、モデルもやってんの？」

「あれだけ」

彼女は確かに高級な女という印象だが、話すと気さくでなじみやすい。姐御風を吹かしているが、ちょっと高級な酒でも飲んだみたいに気分が陶然としてくるのを感じていた。開店日の接客疲れで、息を抜きたかったのか、彼女のペースで会話はつづく。

「池波正太郎って知ってる？」

「知らない」

「この人の小説はおもしろいよ。読みなさいよ」

「じゃ、読んでみますよ」

「料理の描写がうまいんだよ。よだれがでるくらい」

「サムシング・エルスっていうやつですね」

酔ってジローさんのフレーズが口をついてでた。

帰りしなに、「これ、貸してあげるよ。読んだらかえしてよ」と池波正太郎の本を渡された。「じゃ、マッケンジー、またあそびにおいで」

闇に包まれた坂道を渋谷駅方面へと下った。手には本を持っていた。成城に戻り、テレビで洋画を見ていたジローさんに池波正太郎のことを聞くと、時代小説は読まないという。

結局、池波正太郎の本は一頁《ページ》も読まなかったが、一週間後、用事があって渋谷に出ることになり、彼女に返却しようと持ってでかけた。その日、成城の駅で思いがけない人に出会った。階段をあがりホームに出ると、以前アップルハウスで会ったヒノが週刊誌を読みながら電車待ちをしていた。声をかけようかかけまいか迷ったが、アップルでビートルズの話をしたのを思い出し、また話してみたい気持ちになり、「日野原さん？」と声をかけると覚えていてくれた。

「ひさしぶりだね」

新宿行きの電車の中で、ぼくはヒノと語り合った。アップルで会ったとき、ヒノはＴＶ番組『ヤング７２０』の構成作家だった。番組の取材でアップルに来て、ぼくが代表としてインタビューを受けた。すでに『ヤング７２０』は終了し、いまは新しいバラエティー番組の構成をしていると言う。

『ヤング７２０』は六〇年代に、反体制を匂わせる画期的な若者番組として主に高校生たちから熱い支持を受けた。番組は平日の朝七時二十分にスタートし、番組の終わりまで見ていたら、学校の始業時間に間に合わない。「番組を見るか、学校に行くか、君の人生は、どっちにする？」と人生の選択を迫り、挑発する。

「あの番組のせいで、学校に行かなくなった高校生はいっぱいいたと思いますよ。ぼくも、そのうちのひとりです」

「朝、ジャックスやゴールデン・カップスのサイケなロックで目を覚ませってね。面白かったね」ヒノは他人事のように笑いながら言う。

「朝から不良気分、炸裂でしたね。いかれた番組でした」

「何やったっていいんだよ。肝心なのは、いちばん最初にやるか、いちばん最後にやるか、どっちしかないんだよ。『720』は、いちばん最初の不良番組だよ」

「いちばん最後にやったすごいものってあるんですか？」

「ビートルズだよ」

「どういうことですか？」

「だって、考えてみなよ。初期のビートルズはロックンロールだよ。あの時代、もうロックンロールなんて終わってたんだよ」

「そうだ、ロックンロールの全盛期は五〇年代ですもんね。バディ・ホリーもエディ・コクランも死んでたし。エルヴィスは兵隊になってた。もう、ポール・アンカとかニール・セダカとかポップスの時代になってた」

「でも、ビートルズはロックンロールを歌ってデビューしただろ。あの時代、ロックンロールやるバンドなんて、時代遅れもいいとこ。でも、それから六〇年代後半からのバンドの黄金時代がはじまったんだよ」

仕事で新宿に行くというヒノと下北沢で別れ、ぼくは渋谷に向かった。デパートの中の喫茶店でカメラマンとの打ち合わせをすませ、高速道路下の246号線を空中歩道で渡り、彼女の名のないバーへ向かった。桜ヶ丘の坂を歩きながら、ヒノが語った「いちばん最初か最後か」という切れ味鋭いフレーズが稲光のように蘇《よみがえ》ってきた。走り去っていくそのフレーズのあとを燕《つばめ》の飛翔のようにトコさんの言ったフレーズ、「腹ではなく鼻先」が追いかけていった。

十日ほど経って、ヒノから電話があり、彼が演出しているファッションショーに誘われた。

「誰のですか?」

「ニコルの松田光弘さん。おいでよ」

「行きます」

会場は赤坂の丘陵に立つスタジオのひとつだった。広々とした真っ白いスタジオ空間に少し暴力的な印象で日比谷野音のロックコンサートで見るような黒々とした大型スピーカーが積み上げてあった。

明かりが消え、巨大なスタジオを揺るがすほどの爆音で、グランド・ファンク・レイルロードの『ロコ・モーション』が流れてきた。ショーのはじまりだ。ビートルズの『レボリューション』、井上陽水の『氷の世界』、Ｔレックスの『ゲット・イット・オン』と音楽が絶え間なくつづく。まるで、その音の嵐の中から造形されてきたかのように、最新のモードが登場する。それは、ヒノらしい意表を衝《つ》く演出だった。

ショーが大成功に終わって、丘陵下の一ツ木通りの高級な中華レストランにいる。ショーの関係者たちの打ち上げだ。年輩者が多い。奥の席にヒノと座って、紹興酒を飲んでいる。

「どう？」

ショーの感想を聞かれ、

「ロックコンサートみたいでしたね」

「実際、ロックコンサート専門のＰＡ屋さんやライトマンにたのんでるからね」

「だからですか。サウンド、迫力あった！」

「いままで、ショーなんていったら、音楽は生ピアノですよ。エリック・サティを品良くね。いまの若者は、そんなの見ても何も感じないよ」

渋谷の丘の上のバーにヒノを誘った。タクシーは246を渋谷へと走る。谷間を走り抜け、たどりついた桜ヶ丘の名もないバーの高級な扉は、すでに開店時間を数時間は過ぎていたのに開かなかった。仕方なく、以前、浜田さんたちとよく行っていた井の頭線ガード下の焼鳥屋に流れた。

そこで、ヒノと話すうちに、彼がソロアルバムを一枚制作したミュージシャンでもあることを知った。矢野顕子、山下達郎、大貫妙子らを個人的に知るというヒノは「彼らは、若いけど、すごく才能あるね」と断言した。ぼくは聴いたことがないが、彼らは新しい音楽を「いちばん最初」にやっている若者たちなのだろう。

ヒノと話しながらも、あの坂の上の高級な扉が今夜開かなかった理由が気にかかり、かすかな胸騒ぎを覚えていた。

一本の電話が、それまで想像もしなかった人生の新たな局面を突きつけてきた。彼女のことを忘れかけていたころ、電話がかかってきた。

「マッケンジー？」声で、すぐに彼女と察した。姐さん風を吹かした口調ではなかったが、ハスキーな声は忘れようもない。

昼に電話を受け、夕方には新宿の靖国通り沿いの喫茶店にいた。約束の時間まであと五分。水をすでに二杯お代わりし、トイレに一回行って、鏡を見てバックにした髪に、気を落ち着かせようと大きく息を吐いて、クシをいれた。なんで、そんなにドキドキしているのか、自分でもわからなかった。

彼女が入ってきた。暗いバーで見るのと、だいぶ印象がちがっていたが、やっぱり、モンローみたいだった。

「ごめんね、呼びだしちゃって」

「どうしたの、店？　ずっと、休んでたでしょ」

電話では答えづらそうだった、一番気になっていたことを聞いた。

「そのこと、話そうと思って」

「ぼくに？」

彼女は、ぼくのことなんて何も知らないはずなのに、なぜそう思ったのか。電話で「会ってくれない？」と言われたときから、なぜなんだろうとずっと思いつづけていた。

「マッケンジーなら、あたしの話、聞いてくれるだろうなって思ったのよ。女の勘よ」

ぼくはうなずいた。彼女は話しはじめた。関東に勢力を張る広域暴力団の名がでた。彼女は組の幹部と不倫の関係にあった。その幹部は桜ヶ丘の旅館で賭場を開いていた。もっと桜ヶ丘にシノギの基盤を築こうという目論《もくろ》みから、幹部は会員制のバーを開業した。高級な内装を美大出の彼女が手がけ、ママになった。そこまでは、順調に進んだが……。

「ばれちゃったのよ、相手の奥さんに。女の殴り込みって、容赦《ようしゃ》ないのよ。あたし、殺されるかと思った」

「武器使うの?」と言って、馬鹿なことを訊いてるなと、内心自嘲した。

「さすがに刃物は使わないけど、椅子を振り下ろすのよ」

「で、応戦したの?」

「いちおう、あたしもちょっとは修羅場をくぐってきたから、やる気になれば、応戦できたけど、もうぜんぜん無理な状況だったのよ」

彼女も馬鹿なこと言ってるなと思ったが、笑いをこらえた。

彼女は全治三週間のけがをした。

「それで、その生活、すべてやめようと決心して、実家に戻ったの」

「どこ、実家?」

「十条」


その一時間後、彼女の実家にいた。ぼくが行くのが決まっていたみたいに、家族全員が迎えてくれ、居間で大皿にあふれだしそうに天麩羅が盛られている食卓を囲んだ。彼女の家は祖母、両親、妹ふたりの、いわゆる女系家族だった。絵に描いたような一家団欒《だんらん》の光景。そんな普通の暮らしのしあわせに、のめり込んでいきそうな自分がいた。長い航海の果て、楽園にたどり着いたような安堵感を感じていた。

郵政省勤務の父親は、始終穏やかな態度で言葉少なだが、気になっていたのだろう、

「どんな、仕事してるんだい?」

と聞かれ、そのとき、ピエール・バルマンと業務提携していたシャツメーカーの展示会の演出をしていたので、そう答えると、

「じゃ、演出家なのかい?」

「できることなら、何でもやります」

「そうだろうね。いまはオイルショックのあおりで、どの業界も大変そうだから仕事の選り好みなんて言ってられないだろうね」

「テレビのコマーシャルにもでてたのよ」

彼女が言うと、居間の空気が色めきだった。

妹ふたりは、上は家事手伝い、下は会計士を目指してバイトをしながら専門学校に通っていた。祖母だけは低い音量で流れるテレビの歌謡番組を無言で見ていた。軽い認知症をわずらっているようだった。


なりゆきで一晩泊まった。祖母の部屋の隣が彼女の部屋だった。六畳の和室にふかふかの布団がふたつ敷かれていた。新婚の初夜みたいだなとおかしかったが、何事もなく朝を迎え、また彼女の一家と、ぼくにしてみれば豪勢な食事をし、おいとました。

自分の実家には寄りつかないぼくが、「いつでも、いらっしゃい」と言う彼女の母親の言葉に甘えて、その後よく訪ね、時には二泊三泊した。

けがが完治した彼女は、銀座のブティックの販売員になった。不倫相手だった暴力団幹部の影におびえ、街で出会ってもわからないように、髪を金髪のショートにし、年齢よりも老けて見える眼鏡をかけていた。

　ぼくが銀座の仕事場を訪ね、洋品店の裏にあったおでん屋で飲んで、いっしょに十条に帰ることもあった。ぼくは、彼女の家族の一員のようになっていった。しかし、知れば知るほど彼女は謎だった。あんなに健全で普通にしあわせそうな家に生まれ育ったのに、なんで裏社会なんかと関係したのか。その謎の部分からか、どんどん彼女に惹かれていった。

「どこ、泊まってんだ?」ジローさんに聞かれた。

外泊にいたる事情を説明した。成城の小屋にいて、ふたりでハイボールをくみかわしていた。

「そうなったら、夫婦みたいなもんだな。だけど、俺もそっちの裏社会は知らないわけじゃないから忠告しとくけど、わかるだろ、もし彼女がいい女だったら、男は手放したくないだろうさ。あいつらは執念深いぞ」

　と、ジローさんは暗黒街の顔役のように言うのだった。

「ところでジローさん、モンローってやはりいい女ですか?」

「よくぞ聞いてくれた。日本で、俺ほどモンローを崇拝した男はいないね」

またホラか、と笑いそうになったが、つづけて言うのだった。

モンローが亡くなったのは一九六二年八月五日。死因は睡眠薬の過剰摂取。暗殺疑惑もあった。真夏のたまらないほど暑いその日、ジローさんは皇居の壕端《ほりばた》のホテルの一室で、人気タレントやTVプロデューサーたちとポーカーに興じていた。大金を賭けたギャンブルだ。ジローさんはプロはだしのギャンブラーだった。その日も勝ちまくり、調子は絶好調だった。つけっぱなしだったラジオからモンロー急死の速報が流れてきた。それを聴いたジローさんは、「こりゃ、大変だ」と叫び、手にしていたカードをテーブルに叩きつけ、部屋を飛び出した。

「どこにむかったんですか？」ぼくは聞く。

「NHKだ。すぐに追悼番組をやらなきゃと思ったんだ。俺にとっちゃ、世紀の大事件さ。とっさに思いつき、局へ飛んでいった」

「それで、やった？」

「やったさ！」

ハイボールをうまく飲むときのおつまみは、ホラばなしが一番だが、今回はホラじゃなさそうだ。

「どこの局よりも早く、俺がパーソナリティーをつとめて、モンローを追悼する番組を制作したんだ。だけど、俺のモンロー好きは、その程度のもんじゃあない。ジャズ雑誌に原稿書いてたときのペンネームが、丸い林に文の郎」

「はあ？」

丸林文郎で、確かにマリリン・モンローと読めなくはない。しかし、くだらない。

「なんだい、急にモンローなんて、お前さんらしくもない」

「いや、べつに」

「本名は、ノーマ・ジーンっていうんだ。それで、ときどき、ペンネームを野原の野に時間の間、それに仁義の仁な。野間仁にしてたこともあった」

「ノーマ・ジーン。そうですか」

ジーン、悪くない。ぼくは彼女をジーンと呼んでみたくなった。そのことを彼女に言うと、「何でも、好きに呼べばいいわよ」と許してくれた。前年、デヴィッド・ボウイは『ジーン・ジニー』を歌っていた。それもあって、ジーンと呼んだ。ぼくは勝手にイメージをつくりあげ、すでに親しいのに憧れの感情を抱きはじめていた。それもおかしな話だが。

ジローさんとの話にもどると、

「しかし、なんだね、マッケンジーの名前も、微妙だね」

「森永博志。ほんとは、志無しの博だけ。占い好きの母親が姓名判断してもらったら、博一字だと、なにかと案配悪いと言われて、もう一字つけろ、と。それで、自分に欠けてるのは志だろうと、博志にしたんです」

「それだよ。たぶん、母親もお前さんも、頭の良さそうな、実に優等生的な名だと考えてるだろ」

「仰る通りです」

「ところが、な。博！　これから連想するのは、博識とか、博学とか、博士だろ」

「そうです。博物館とか、博覧強記とか」

「だけどさ、俺は、すぐ浮かぶのは、博打、博徒なんだよ」

「ヤクザな」

「そう。それで、志な。これは、誰が考えたって、ボーイズ・ビー・アンビシャスのこころざしだろ？」

「大志とか意志とか」

「でも、三国志にも志があるだろ。この志は、書物って意味な」

「て、いうことは？」

「ヤクザな物書きになるってオチだよ。ところで、マッケンジー、お前さんにむいてそうな仕事があるけど、やってみるか？」

「なんですか？」

「本、つくんだよ。それも、お前さんの好きな音楽のさ」

「やります！」

久しぶりの「やります」だった。

「じゃ、そこの社長、ナベっていう男な、会わせるよ」

「おねがいします」

8 本をつくる仕事につく。

ナベさんの出版社は、桜ヶ丘のマンションの一室だった。桜ヶ丘といっても、ジーンがいたバーからはバス停ひとつほど離れていた。アップルやADセンターがあった南平台に近く、渋谷駅から歩くと丘ひとつ越えてゆく。桜ヶ丘の地形は起伏にとんでいた。

電話で聞いた声からは紳士的な印象を受けたが、会ってみると本人の風貌はフランク・ザッパの生き写しだった。少々無精な長い髪、哲学者風にはやした髭と鋭い眼光の奇人。ジローさんから得た情報では、慶応大学を首席で卒業し、その後、大手出版社にはいり、音楽雑誌の編集長に若くして抜擢されたという。ジローさんはそのころ、仕事を通じてナべさんと親しくなった。「ナベは家柄も学歴も世にいうエリートなんだけど、ひねくれたとこがあってな。組織をドロップアウトしたのさ」。十歳ほど年上のようだ。情報はこれですべてだった。

「編集の経験ある？」

ナベさんに聞かれ、経験といえるかどうか自信はなかったが、ＡＤセンターの仕事や『ロック・ヴォイス』の名前を出した。

「それで、充分だ。やるか？　いっしょに」

「やります」

面接は三十秒で終わった。

「さしあたっては、泉谷しげるの写真集、担当してよ」

「イズミヤ！」

花火見物のかけ声のように、ぼくは声をはりあげていた。

出版社の名は八曜社。オフィスは三部屋。ナベさんの部屋と営業と経理の部屋、編集の部屋。社員編集者はひとりもいない。ふたりの女性編集者が嘱託で働いていて、ひとりは左翼系出版社の老舗の御令嬢。もうひとりも某建設会社の御令嬢だ。ぼくも嘱託になった。すでに八曜社は山本コウタローが一橋大学の卒論として書いた吉田拓郎論で、二十万部を超えるヒットを放っていた。

成城にもどり、ジローさんと駅前で待ち合わせて銭湯にはいった。ジローさんは、赤坂でホテル暮らしをしているときも銭湯に通っていたほど、銭湯の大きな湯船を好んでいた。湯船につかり、八曜社でのことを報告したあと、ぼくはジローさんに聞いた。早い時間だったので、ほかに客はいなかった。

「ジローさん、どうして、独身なんですか？」

「俺は子供のころからアメリカが好きでね。戦争中だって、家でこっそりディズニー映画を見てた。短波でアメリカの音楽番組を聴いてた」

「家で、映画？」

「そう。家にホームシアターがあったんだ。16ミリだけどな。アメリカからディズニーの映画を兄貴が買ってたんだ。ところが、戦争でアメリカの映画も音楽も禁じられた。俺は子供ながらに、アメリカのこと知っていたから、日本の大人たちは馬鹿なことしてるな、刀なんか振りまわして、勝てるわけないと思ってたよ」

ジローさんの声が、洗い場の高い天井にマイクを通したように響く。

「早く負けちまえ。俺は祈ってた。で、敗戦。バンザーイ、もう、これからはアメリカ三《ざん》味《まい》だ。うれしかったね。若い俺は水を得た魚のように浮かれまくった。ジャズだよ。ドラマーになって、バンドリーダーになって、あちこちのクラブで演奏した。プロデューサーになって、百枚も二百枚もレコードを制作した。ジャズマガジンも創刊した。コンサートの演出も司会もやった。ラジオ番組のディスクジョッキーもやった。テレビの音楽番組もつくった。なにやってもおもしろくてな。戦時中の憂さをはらしてたんだ」

ヒノが言っていた「一番最初」の仕事に没頭していたときの若いジローさんが、数十年の時を超えていまのジローさんに乗り移ったかのように熱弁をふるう。一語一語、湯気がたつようだった。ぼくは黙って聞いていた。

「それで、結婚なんかするヒマなかったのさ。独り身がなじんじゃったんだろうね」

ふっと、声の調子が落ちた。ここで、伝えよう。

「ジローさん、ぼく、結婚します」

「何？　結婚？　相手はジーンという女か？」

「そうです」

ぼくは結婚までの急展開を話した。

ジーンの家に足をはこぶうちに、ある日、父親におりいって話があると言われ、居間でふたりだけになった。何の話か、見当もつかなかった。家に出いりするようになって半年が過ぎていた。父親は言った。「森永くんが家に来てくれることは、息子のいない我が家にとっては大歓迎なんだ。にぎやかになって、みんなよろこんでいる」ここまで聞いて、これは前振りだなと直感し、少し身がまえた。「だけど、世間体というのがあってね。近所の目もあるし」言いにくそうな口調を感じたとき、ぼくは父親の言いたいことを察していた。「わかりました。結婚します」と言っていた。父親はホッとした表情を見せ、「よろしくたのむ」と頭をさげた。

「という、しだいです」

「めでたい話じゃないか」

「そう、思いますか？」

「だって、お前さんにとってはモンローみたいな女神なんだろ。そう言ってたじゃないか」

「でも、結婚までは考えてませんでした」

「俺はタイミングを逸したけど、お前さんの場合、これはタイミングだな。でも、ジーン本人から結婚の話はなかったのか？」

「なかったですね。もっと早く、ぼくがプロポーズすべきだったんですかね？」

「いや……。ちょっと湯にのぼせたな。あがるか」


新宿のステーキハウスでジーンと両親を引き会わせ、結婚することを報告すると、父は「息子は勘当したようなもんなんだ。ありがとう。捨てる神あれば、拾う神ありだな」とジーンに感謝し、母は黙々とステーキを食べていた。

国鉄マンの父は五十五歳、母は四十四歳、ぼくは二十四歳、ジーンは二十七歳。両親は戦争経験者。話がかみ合うか心配したが、酒もまわり、「わたしは盲牌《モウパイ》ができてね」とジーンに向かって父は麻雀に関する馬鹿な話をした。「でもね、あるとき、新宿駅で満員電車のドアにはさまれた女性を助けようとしたら、利き手の親指の腹の皮をはがしてしまった。それで、医者がわたしの下腹部の皮を移植したんだ。そしたら」と言って突然爆笑し、親指を突き立て、「ほら、毛がはえてきちゃってね。もう、これじゃ、盲牌できないよ」。ぼくはあきれたが、ジーンは手を叩いて、「お父さん、おかしい」と笑った。

酒席で戦争の話を自慢げにする父に対し、母には「戦争に負けたとき、責任を感じて切腹した男たちもいたんだ」と詰めよる激しさもあったが、ステーキ屋では借りてきた猫のようにおとなしい。ジーンに、「その金髪、自分で染めるの？」と聞くと、ジーンは「美容院で染めたんです」と答え、母は「きれいね」とうなずいた。その程度の会話だった。

母は、若いころ、ファッションデザイナーになる夢をいだき、洋裁専門学校に通っていたが、戦争に夢をこわされた。それでも、家でミシンを踏んで洋裁店をひらいていた。

「ところで、いま、何やってんだ？」

と父に訊かれ、八曜社のことを話すと、

「お前、クリーニング屋につとめてんのか？」

「それ、白洋舎だろ」

話は、ここまでだ。

ぼくらは、ジーンの父が手配してくれた会館で披露宴をあげた。新居はジーンの幼なじみの親友が探してくれた浅草のマンション。ぼくは身ひとつでフランク宅をでて、趣味的なライフスタイルを捨て、月賦で何でもない家具をそろえた。ジーンは洋品店の仕事をやめ、浅草馬道《うまみち》の靴の問屋街に、コーヒーショップを開業した。

写真集の打ち合わせ場所が、白金台にある泉谷の事務所から急遽《きゅうきょ》大田区にある彼の自宅に変わり、訪ねることになった。そこでナベさんは手土産に「何か欲しいものある?」と聞いた。

花火を仕入れに行くことが八曜社の初仕事になった。日暮里の問屋に行き大量に購入した。泉谷の指示通り、ミサイル系の炸裂力のあるのを買った。

両手に花火のはいった紙袋をさげたナベさんとぼくは、爆弾をかかえたような気分で泉谷の自宅を訪ねた。コンクリートうちっぱなしのコンテンポラリーな三階建て住宅だった。何本ものギター、レコード、写真集、漫画本が散乱している居間に通された。書棚には函入りの坂口安吾全集、丸山健二の本が並んでいた。

「ごめん、ごめん、ナベさんよ。いまな、漫画描いててな。外行く気分になれねえんだ。ようこそ、我が家へ」

と泉谷は歌うように言った。

書棚を指差し「坂口、好きなんですか?」と聞いた。

「安吾な。『風博士』、いいよな」

「丸山健二も?」

「『火山の歌』、いいだろ」

泉谷とはあらたまった挨拶は不要だった。緊張をしいられるのではないかという予想も杞《き》憂《ゆう》だった。

「花火、なんに使うの?」ぼくは聞いた。

「家の中で、戦争ごっこやんだよ」


写真集の打ち合わせは簡単にすんだ。

四人の写真家を起用したい、と泉谷が言ったので、ぼくはひとり目に長濱治の名をあげた。

「おい、長濱治って、ニューヨークでヘルズ・エンジェルズ撮った写真家だろ?」と身を乗り出した。一発で的のど真ん中を射た。

「やってくれるか?」

「おれ、仕事してましたから」

ヘルズ・エンジェルズは、ニューヨークに本部をかまえる全米最大規模の無法バイカー集団だ。一九六九年、オルタモントで開催されたローリング・ストーンズ野外公演に警備役で雇われた彼らが引き起こした殺人事件で「地獄の天使」たちは一夜にしてその悪名を世間に知らしめた。

長濱治は単身エンジェルスの本部に潜入し、彼らのリアルな生活を撮った。持ち帰ったその写真は毎週百万部を発行していた週刊誌『平凡パンチ』のグラビアに発表され、若者に衝撃を与えた。

帰るとき「森永、また来いよ」と送られた。渋谷に戻る車中で、「泉谷と森永、気が合うんじゃないか」とナベさんは満足そうだった。

「フォークのひとかと思ってたら、けっこう本人のノリ、ロックな感覚ですね」

「最近特にね。イエローをバックにつくったアルバムなんて素晴らしいロックスタイルだよ」

「陽水の『氷の世界』もロックですね」

「モップスにいた星勝がアレンジャーだからね。泉谷も拓郎も、バックはみんなロックミュージシャンだよ」

「泉谷の『春夏秋冬』は詞もすごくいいけど、あの生ギターひとつの歌唱は最速ですね」

そう感じていた。

「たしか来週、日比谷の野音で泉谷の公演あるから、行くか?」

「ぜひ!」

浅草の夜は荒廃した寂しさを感じさせ、闇に包まれた映画館街や花屋敷のあたりには呪《じゅ》詛《そ》がしみついた影がべったりと路面にはりついているようだった。下町特有の情緒にひたることもなく、毎日通り抜ける浅草寺境内にただよう線香の匂いにも辛気臭さを感じるばかりだった。

ジーンは近くの店主たちと麻雀卓を囲んだり、幼なじみと美味を求めて京都に出かけたり、意のままの生活を送っていた。コーヒーショップには上の妹が手伝いに来ていた。少女時代にピアニストになる夢をいだいていたジーンはロックにもフォークにも関心がなく、音楽の趣味はクラシックだった。どこまでいってもジーンは高級だった。

泉谷は生ギターひとつでリッチー・ヘブンスのように吠えていた。最前列で見ていたが、背後から獣じみた匂いを放って押しよせてくる男たちにつぶされそうになり、写真家と客席を離れ、ステージ上のスピーカー脇に移動した。

そこから見る光景はコンサートというより暴動だった。雄叫びをあげる群衆の怒濤《どとう》のうねりが炎をあげていた。観客の中には、ある種の霊的次元に突入したかのように瞳孔をひらいてステージに迫る者、水面であえぐ魚のように息をきらし、こぶしを突きあげる者。日没からはじまった長時間の公演は演《や》るほうも見るほうも力つきて終了した。

ぼくの頭の中では、「のーにきた、のーにきた、のーまできたよ、おーのー!」という泉谷のシャウトがリフレインしていた。やがて『国旗はためく下に』の絶唱が、黒光りする大波が押し寄せてくるような勢いでよみがえってきた。体がブルブルふるえだし、叫びたい気持ちに襲われた。ひとり有楽町に出て、国電のガードを抜け、ジーンとよく行ったおでん屋に入った。

地下鉄銀座線なら浅草まで一本だが、その夜はなぜか浅草に帰る気になれなかった。成城にジローさんを訪ねた。ぼくは野音で体験した興奮を伝えた。

「音楽だけが奇跡をおこせるんだ」ジローさんはつづける。「それは理性に勝るもんだからさ。なかなか、そんな音楽に出会えるもんじゃないけどね。マッケンジーは突き動かされたんだろう？」

「何か、大きな波動に触れた気がしたんです」

「グルーヴだな」

「ロケットが空気をふるわせているみたいな」

「どこ行くか、それに乗ってみな。大気圏脱出さ。冒険だな」

「もう、脱出してしまった気がするんです」

その夜は久しぶりにジローさんとハイボールを飲み、語り明かした。ぼくがいま高揚している世界への道筋をつけたのは、ジローさんだ。ジローさんは脱出、冒険と言ったが、ぼくにはこの道は世の流れから逸脱していく危険な感じもしていた。この道の先は、どんな世界なのか、帆船時代の海を最新の高速艇でいくイメージもいだく一方、イカダに乗っているような心細さも感じていた。

「ところで、どうなんだ、結婚生活は？」
「どうなんでしょう……。ただ浅草は退屈ですね」
「あの町は、吉原の廓《くるわ》がなくなったときに終わったんだよ。お上の手に落ちた」

フランク邸で一泊し、そのまま八曜社にでた。関連会社ユイ音楽工房代表の後藤由多加が大学の後輩を連れて八曜社に来ることになっていた。「後輩にデザイナーの仕事をさせてやってくれと、後藤さんがいってきた」そうナベさんから聞いていた。

彼は名前を立花ハジメといい、グラフィックデザイナー三人で結成されたクリエイティブチーム〈ワークショップ・ＭＵ‼〉のアシスタントをつとめていた。

ＭＵ‼は、はっぴいえんど、サディスティック・ミカ・バンドなどのレコードジャケットを手がけたグループだった。彼らは埼玉県狭山のジョンソン基地の米軍用住宅地に、細野晴臣、小坂忠ら親しいミュージシャンたちの家族とコミューンをつくって暮らしていたが、ＭＵ‼の解散とともに、立花も独立したのだろう。

一九七三年、来日公演を行ったデヴィッド・ボウイが帰国する同じ船に乗って立花もロンドンに渡ったという。立花はロンドン・カルチャーに傾倒していた。時代はセックス・

ピストルズ登場前夜だった。同僚となった彼は一歳年下だ。

泉谷の写真集は『百面相』というタイトルに決まった。絵画もマンガも描き、自主映画、小説など、表現に関するあらゆることに挑戦しようとしていた泉谷にふさわしいタイトルだった。

まだアップルにいるころ、百軒店のジャズ喫茶で聴いたエリック・ドルフィーのアルバムがあまりに素晴らしいので、店の人に頼んでライナーを読ませてもらうと、ジローさんの宿敵だった評論家の相倉久人が書いていた。

《エリック・ドルフィーはすばらしい演技者だった。彼はなろうと思えばなんにでもなれた。鳥にも、馬にも、豚にも、黒人にも、労働者にも、病人にも、冷笑者にも、反逆者にも、都会の喧騒にも……》

なんにでもなれる。

それは、ぼく自身も求めていることだった。泉谷は生活の中心に、その志向をおき、実際、挑戦していた。自分の殻、人気フォークシンガーとしての固定されたイメージを突きやぶろうとしていた。ぼくはぼくで、商業的な仕事を生業としていく中で忘れかけていた自分の好きな、音楽、アート、旅などを泉谷との仕事やプライベートなつきあいの中で、とりもどせる気がしていた。

　はじめて自分が編集した本が完成した。この『百面相』はぼく自身の、その後のありようをも語っていた。それは、結婚することによってもたらされた平穏な生活に投じられた一石でもあった。

　ある日、打ち合わせで訪ねた麻布の小暮徹オフィスに偶然ユーミンがいた。小暮さんは「むかしから知ってるマッケンジー」とユーミンに紹介した。「よろしく、マッケンジー」と二言、三言言葉をかわした。

『百面相』を小暮さんとユーミンに手渡した。その日、渋谷公会堂で吉田拓郎の公演があるのでユーミンとふたり、タクシーで渋谷にむかった。彼女は車中で『百面相』をパラパラめくっている。

「泉谷の歌詞がすごいと思うな、あたし」

「最近、つくってる『少年A』ね。それはさ、覚醒剤所持で捕まった少年の事件を新聞記事で見て、少年の家まで話、聞きに行ったらしい。あと、刑務所にも慰問でうたいに行くんだよ」

「変な話、顔が売れちゃうと、芸能人とおなじだから、すごく日常の生活圏がかぎられちゃってさ、そうなると歌の題材もね、ワンパターンになっちゃうんだよ」

「ユーミン、八王子でしょ」

「そう。だから、横田基地のほうにあそびに行ってたな」

「ぼくも高校、横田基地のそばだったから、あの空気ね。横田は空軍だから、横須賀、横浜より軽い」

「16号線だよね。あたしね、ヒッピーやってたときあってね。ジミヘンがすごい好きでね。あんなカッコしてさ、船で世界一周の旅にでたの。いちばんびっくりしたのは、どこだと思う?」

「アジア?」

「小笠原。夜なんて、全然真っ暗闇。それで、すごいの星空が。水平線から星がわきあがってくるみたいでさ。コズミックなのよ。ビーチで島のヒトたちが焚き火してて、太鼓たたいてて、こわいような、でも幻想的な世界でさ。そこで、儀式みたいに海亀殺して料理してね」

「食べた？」

「食べた。あたし、ほら、シティポップとかニューミュージックみたいにいわれてるけど、けっこう野性的なの好きなのよ。どこでも行くし、何でも食べるよ」

「そうか、小笠原行ったんだ」

「返還直後ね」

「もう返還されたの？」

「されたよ。もう、日本だよ。あそこは行った方がいいよ」


――「大量の新聞かき集めて、うちに持ってきてくれ」と泉谷から呼び出しがかかった。何かを感じたぼくは、聞くのは野暮と思い、タクシーで泉谷の家に急いでむかった。途中、新聞販売店があればとまってもらい、新聞をかき集めた。

「お、わりいな。じゃあな、この新聞丸めてよ、玄関から居間まで布団に綿を詰めるみたいにつめてくれ」

「空間全部に？」

「腰のあたりまでな」

「でも、そんなことしたら、歩けなくなるよ」

「いんだよ、それで」

言われるままに、新聞紙を丸め、玄関から廊下、居間へと埋めていく。そしてほぼ埋まったころ、ピンポーンと呼び鈴が鳴った。

「来た、来た」

泉谷がはしゃぐ。

中年の、いかにも偉そうな銀行員が泉谷の家にやって来た。

玄関を開けた彼の目の前は、新聞紙のくずの海。途端に新聞紙が外にあふれでていく。銀行員は声をあげ、散らばっていく新聞紙を拾い集めている。集めては中に押し込んでいる。ぼくは声をかけた。

「早く中にはいってドアしめたほうがいいっすね」

「わかりました」

中年の銀行員は新聞紙の海に飛び込んできて急いでドアを閉めた。そこでやっと落ち着いて目の前にひろがる状況を見て、

「な、なにがあったんですか？」

目をむいてる。明らかに動揺しているのが見てとれる。

「どうぞ。泉谷さんは奥にいます」

ガサゴソ音をたてて廊下を進み居間に入ると、新聞紙の海の中からイズミヤが首だけ出している。しかも、顔にそれまで見たこともない笑顔をつくり、「ようこそ、我が家へ」と迎える。「そのへんに椅子あるから、遠慮せずに座ってくれ」。椅子は新聞紙の海の中だ。


泉谷は日常生活そのものがパフォーマンスといっていいほど、空間演出も演技もする。それは何かの役に立つとは思えないが、写真に記録するに値する。泉谷は演技している。銀行員は手探りで椅子を見つけ、座った。新聞紙の海から、男のふたつの頭が飛びでてむかい合っている。

「電話でお話しされていた融資のお話を聞きましょう。さあどうぞ」

もう見るからに、実験演劇の舞台だ。しかし、泉谷は演技だが銀行員は真剣だ。動揺が顔にあからさまだ。それでも職務につく。勧誘がはじまり、泉谷は異様とも思える満面の笑みで話を聞いている。泉谷はバカげたことに真剣になる。徹底する。それだけエネルギーがあまっている。毎日、燃焼したいのだろう。銀行員は冷や汗をかいている。早く逃げだしたいのだろう。

一九七五年八月二日、静岡県つま恋。

浜に殺到するニシンの大群のように、六万五千人の観客が大地を埋め尽していた。それだけの若者たちが一カ所に集まったのは、日本の音楽史上はじめてのことだった。

ふたりの写真家が撮影に当たっていた。ドキュメンタリー映画の撮影班も、ステージに張り付いていた。ぼくはといえば、開演前にすでに興奮した観客の若者たちに声をかけてはコメントを求め、書き写していた。

吉田拓郎のオールナイトコンサートは夕刻からはじまった。拓郎ひとりでは朝まではとても歌いきれない。共演というかたちで、かぐや姫や山本コウタローたちがステージに立った。夜明けまでの長い旅路だ。拓郎が歌にうたった新しい船は六万五千人の新しい水夫を乗せて、大海原に出航した。

あの夜、聴いた『黒くぬれ!』は、そこにとどまるな、闇雲であっても、前へ、先へ進んで行けとぼくを突き動かした。たった一曲で弾け飛んだ。明るさなど微塵《みじん》もない、暗い情念がぬりこめられた旋律、怒りさえ感じさせる激しい叫びに胸をかきむしられた。あのときの衝動に突き動かされたぼくが見ている世界が、この六万五千人の祭典だ。

六万五千人の熱狂は果てしなくつづき、群衆は嵐の海原になり、噴火する火山のマグマになり、放心の果て、トランス状態に突入していった。その熱狂にぼくものみこまれてしまったのか、冷静さを保つことはできなかった。

大気圏外に飛び出し、宇宙を一気にめぐり、地球に戻ったときには、何ひとつ記憶がないような、まるで記憶を誰かに抜きとられたかのような空白だけが、ぼくに残った。


公演の成功を祝うパーティーが原宿の店でひらかれた。ナベさんとぼくもまねかれた。ぼくはすでに拓郎とは顔合わせをすませていて、アイサツをかわす程度の間柄にはなっていた。ぞくぞく駆けつける関係者たちで活況を呈していく店内の片隅でナベさんと飲んでいると、拓郎がやってきて、ナベさんに何か耳打ちした。

「森永は?」

「いっしょに行こう」

「森永、行くぞ」

とナベさんが席を立ち、拓郎と出口にむかった。ぼくはあわてて、あとにつづいた。客でごったがえす店内で、主役は退場しようとしているが、たぶん、外の空気を吸いにでるぐらいにしか見えなかったのだろう。誰にも怪しまれず外に出た。明治通りでタクシーを拾い、拓郎が「運転手さん、銀座」と行き先を告げた。

車中でナベさんが、少しとがめるような口調で拓郎に言った。

「いいのかよ、主役が消えちゃって」

「パーティーの気分じゃないんだ」

意外な発言だった。ぼくには察しようもない心境にあることだけがわかる。だけど、なぜ、ナベさんとぼくを誘いだしたのか。銀座にむかう車中でずっと考えていた。ぼくらは公演の直接的関係者ではない。だからか。終わってしまった公演から気持ちを遠ざけようとしていたのか。想いめぐらしているうちに、タクシーは銀座に到着し、拓郎は、どうやらなじみらしい一軒のクラブにはいっていった。

席につくと、拓郎はレミーマルタンを飲みはじめた。言葉少なに杯をかさねる。ディランのライブアルバムが発売されていたので、拓郎にディランのバックをつとめたザ・バンドの話をした。

「いま、いちばんいいバンドですね」

「俺もそう思うよ。ザ・バンドをバックに俺のツアーをやるっていう話があったんだよ」

「すごい話ですね」

「後藤が、わざわざウッドストックまで出演交渉に行ったけど、もう、そのときディランのバックに決まっちゃってたんだ」

席には、つま恋の話には触れてはいけない空気が流れていた。成功という言葉ではくくれない、感想など容易に語れない。

一時間ほど、三人で杯をかさねたあと、「ナベさん、もう一軒、どこか行こう」と拓郎が言い、クラブを出てタクシーを拾い、ナベさんのなじみの四谷のバーへむかった。地下のバーでしばらく飲むうちに突然、拓郎はトイレに駆けこんだ。

「酔ったな」

ナベさんが言う。戻ってきた拓郎に、ナベさんは心配そうに聞いた。

「どうした?」

「吐いた」

いった。

「行く？」

「ナベさん、出よう」

店を出ると、拓郎はひとりタクシーに乗り、ネオンひとつない暗闇を走り去っていった。

おたがい、今夜のことに気持ちの決着をつけたかったのだろう、「もう一軒、行こう」とナベさんに誘われ、歩いて新宿二丁目のバーに流れた。カウンターに座り、パーティーを途中で抜け出した拓郎に対する疑問をナベさんに投げた。

「どういうことだったんですかね？」

「ものすごく繊細な男だからね。ああいう業界的なパーティーが苦手なんだよ」

「成功とか、そういう価値観がないんでしょうね。やったらもう、それで終わり」

「自分がそうなってしまったことに、とまどいもあるんじゃないか」

「六万五千人を一晩相手にするなんて、やはり異常ですよ」

「逆に、孤独を感じるかもしれないな」

つま恋のドキュメント写真集を編集する話が決まったとき、拓郎のレコードをひととおり聴いてみた。楽曲はバラエティーに富み、フォークにはおさまりきらない。そしてあまり生活感を感じさせない。広島にいたころは米軍基地のクラブでリズム&ブルースを演奏し、オーティス・レディングを歌っていたというから、リズム感は抜群だ。ぼくが好きになったのは、少年時代への郷愁を歌った『夏休み』という歌だった。

新宿二丁目の夜はふけていく。ぼくは胸のうちで『夏休み』を口ずさんでいた。妙にカラーンとして胸に響いた。走り去っていくタクシーの後部座席に身を沈めていた拓郎の姿を想い浮かべた。

深酒していたが、ナベさんと別れ、ぼくは会社にもどった。すでに編集部につま恋の膨大な記録写真が届いていた。その写真を見たい。何が写っているのか、確かめたい。ライトボックスにカラーのポジフィルムを選んで並べていく。

ルーペでのぞくと、魂が抜けてしまい忘我の境地に達したような拓郎の顔、顔、顔。望遠レンズをつけたカメラだけがとらえることのできる、ミラクルショットにあの夜の六万五千人の絶叫がよみがえってきた。

9
グランドマスターに弟子入りする。

八曜社はベストセラーを放ち、社員も増えたが、ぼくはまだ気楽な嘱託が性に合っていた。編集部は、桜ヶ丘から原宿のど真ん中に移っていた。表参道と明治通りの交差点の角、一階に中国人経営のテーラーがはいったビルの二階に一室を借りた。

原宿に仕事場が移ってから、まだ住宅街でしかなかったこの町が暮らしの中心になった。それまで触れることのなかった空気が、そこには流れていた。スーツを着たビジネスマンは見かけなかった。町で見かけるのはブティックや飲食店で働く者、マンションの一室で服や小物をつくっている者、そしてミュージシャンなど自由業と呼ばれるクリエイターたちだった。思い思いの人生を送っている者たちが、原宿に自然と集まってきていた。

「森永、うちで雑誌をやることになった」

ナベさんにそう言われたものの、ぼくはピンとこなかった。

「何の雑誌ですか？」

「フォーライフが、音楽雑誌を出すことにしたらしい。それで、うちが編集することになった」

ユイ音楽工房代表の後藤さんは、フォーライフレコードの副社長でもあった。そんなこともあって八曜社との関係も深かった。フォーライフレコードは小室等、吉田拓郎、井上陽水、泉谷しげるの四人が起こし、その設立がＮＨＫで報道されるほどのセンセーションをまきおこしたレコード会社だった。

「明日、打ち合わせに行くぞ」

「何かぼくもやるんですか？」

「森永が編集長だよ」

やっと、事の重大さに気づいた。

「フォーライフ側が、そう言ってきてる」

「ちょっと、待ってくださいよ」めずらしく躊躇している自分がいた。

いつもの「やります!」が口からでてこない。

「編集長なんて、やったことないですよ」

「とりあえず、明日、フォーライフに行こう」

編集部を出て、斜め向かいのセントラルアパート一階のカフェ〈レオン〉にはいった。そこに、なつかしい顔を見た。元東京キッドブラザースの団員にしてガロのヒット曲『学生街の喫茶店』をうたう大野真澄だ。

「どうしてんの?」

「いろいろやってるけど、フォーライフが出す雑誌の編集長、やんないかって話があってね」

「フォーライフ、最高じゃない。たぶん、俺も所属するよ」

大野はフォーライフがいかにすごいかを、アサイラムレーベルを持ちだして語りはじめた。アサイラムはボブ・ディラン、イーグルス、ジャクソン・ブラウン、ジョニ・ミッチェル、トム・ウエイツ、J・D・サウザーらを抱えるLAのレコード会社だ。売れなければ切り捨て、売れるものなら何でも制作するそれまでのレコード会社とは、はっきりと一線を画すアサイラムは、アーティスト本位でフォーク色をおびたアメリカ西海岸的な音楽性を重視し、レコードジャケットのデザインにもこだわる。そうした斬新さが、アメリカ音楽界に革命を起こしている……。

「森永くん、やったほうがいいよ」と大野は力強く言い切った。

翌日、ナベさんとフォーライフレコードの会議室にいた。副社長の後藤さんが、我々を待っていた。彼はアサイラム創設者のデヴィッド・ゲフィンを意識しているのか。つま恋も、彼が総合プロデューサーをつとめた。雑誌の創刊も彼の発案らしい。何もかもとは言わないが、自分たちが主導してできることには何でも挑戦しようとしていた。彼は、自分たちのメディアを作る計画を語った。

「いままでにない雑誌にしてよ」

ぼくらは黙って拝聴していた。

「音楽には、ただ娯楽とか、流行とか、ビジネスとかじゃなくて、時には人の価値観、人生観を変えてしまう力がある。そんなメッセージも伝えたいね」

彼の言葉はよどみない。自身が、ビートルズやディランに人生観を変えられたことが、発言の背景にあると感じさせる。

「で、森永が編集長でいいのか？」

ナベさんが聞く。

「俺は、それはいいと思う。泉谷も拓郎も、いいと言ってる。どうなんだ森永は？」

なんでも仕事をふられたら「やります」と受けてきたが、今回ばかりは何かひとつ決断の梃子《てこ》となるような主張を自分からしないと引き受けられないと感じていた。はじめて仕事上のことで重大な選択を自分がする……。そんな思いだった。

「ひとつ、希望があるんですけど」

「なんだ？」と後藤さん。

「デザイナー、ぼくが決めていいですか？」

「そんなの、あたり前だろ」

「わかりました。やります」

「よし、じゃ、たのんだぞ」

後藤さんは本日の重要案件、落着といった表情を見せてから、会議室をでていった。

明治通りを編集部に歩いて帰る途上、ナベさんに「さっき言ってたデザイナーな、誰か、いるのか?」と聞かれ、ぼくはやるならこのヒトしかいないとすでに心に決めていたデザイナーの名を口にした。

「田名網敬一さんです」

「田名網さんか? そりゃ、やってくれたらいいよ。でも、いまは『月刊プレイボーイ』のアートディレクターだろ。時間がないんじゃないか。あと、ギャラもな」

「ぼくは、いままでにないものを作るには、ものすごくデザインが重要だと思うんです」

そう思わせたのは堀内誠一だった。堀内さんの仕事を見ていると、レイアウトするのではなく、写真や絵、文章を材料に大胆に誌面を演出するクリエイターがアートディレクターだと思えた。創刊されたばかりの『月刊プレイボーイ』も、田名網敬一の手腕で、誌面に劇的演出がなされていた。

ナベさんは、大手出版社にいたころ、田名網敬一とは何度も仕事をしていたし、ぼくも百貨店の仕事でサイケデリックな紙芝居の制作を依頼していたので、面識はあった。

「ナベさん、仕事って誰とやるか、それで気持ちが決まりますね」

「バンドみたいなものだよ」

「でも、ぼくみたいな経験もない若造とやってくれますかね」

「当たってくだけろだな」

その夜、ジーンと自宅近くの洋食屋に行き、編集長になる話を伝えた。もちろんジーンもフォーライフの存在は知っていて、ぼくが持ち帰るレコードを聴くうちに、井上陽水のファンになっていた。

「わたしは、陽水はすごいと思うよ。あの声がドラマチックなんだよ」

「まだ、陽水には会ってないんだ。相当、変人みたいでね。マスコミの取材もいっさい受けない。それで、あの人気だからね」

「そういう人間と仕事できたら、最高じゃない」

「でもね……」

音楽界のスーパースターにも関心はあるが、一番いっしょに仕事をしたいのは田名網敬一なんだ、と本心を打ち明けると、ジーンは「先に、それ、いってよ」と声をはりあげた。

「田名網敬一は、あたしの大学の大先輩よ。あたしの同級生たちの憧れのデザイナーよ。

あんた、田名網さんと仕事するの？」

「まだ、決まってない。でも、それが希望。ぼくは十七歳のとき、田名網敬一のアートを見て、人生観変わるぐらいの衝撃を受けたんだよ」

――ある日、高校の図書館で大判のグラフ雑誌を見ていたら、はじめて名前を見るイラストレーターが何ページにもわたって紹介されていた。アトリエは壁も天井も隙間なくサイケデリックな自作ポスターで埋めつくされ、床にもポスターが敷きつめられていた。そこに、サイケデリック柄のマントをはおった、うつろな目をしたマッドサイエンティストのような田名網敬一が横たわっていた。その写真を見て、十七歳のぼくは宇宙人でも目撃したような衝撃を受けていた。

「いまでも、そのときのインパクトは忘れない」

「じゃ、あんたはいまどきサイケな雑誌作りたいの？」

「ただ、田名網敬一と仕事をしたいんだ」

「そんなに恋いこがれてるんなら、できるよ」

その数日後、ナベさんとぼくは渋谷常磐松の田名網さんの仕事場を訪ねていた。まだ、雑誌の内容に関しては何も決まっていなかったが、概要を伝えただけで、田名網さんは「よし、やろう」と即答だった。創刊号が百万部も売れた『月刊プレイボーイ』のアートディレクターが、依頼を受けてくれたのだ。

田名網さんのアートに衝撃を受けてから八年が経っていた。ぼくははじめての訪問で、田名網さんがたったひとりの助手とふたりきりで膨大な量の仕事をこなしているのを知り、驚いた。

「ふたりだけでやっているのですか?」

「ぼくは、こういう仕事は何人もでやるもんじゃないと思ってる。広告とかね。一枚ポスター制作するのにクリエイティブプロデューサーだ、ディレクターだ、コピーライターだ、もう何人もの人間が関係してね。バカみたいだよ。森永くんね、この仕事をつづけていこうと思ったら、絶対大きな組織にしちゃダメだよ。そんなことしたら、もうクリエイティブどころじゃなくなるから」

誌名は『フォーライフ・マガジン』に決まった。

さっそく田名網さんがコカ・コーラのロゴを思わせるアメリカンポップ調のタイトルをフリーハンドで描きあげた。田名網敬一の手業のすごさを目の当たりにした。連日、田名網さんとの打ち合わせがつづいた。

表紙は、フォーライフの四人――小室等、吉田拓郎、井上陽水、泉谷しげる――のアーティスト写真をアメリカのガスステーションの写真と合成し、それにアメリカンコミックスのどぎつい色を人工着色し、さらにその写真をスタジオに組んだタイルの壁に貼り、撮影するというアイデアの提案が田名網さんからあった。カメラマンは横木安良夫だった。『フォーライフ・マガジン』ははじめからアート色の強い方向へとむかった。

ヒマさえあれば、泉谷宅を訪ねていた。彼は陽水とも拓郎ともちがう、「私」の人だった。陽水と拓郎の私生活は、まったく想像できない。泉谷は、ぼくに二十四時間すべてをさらしていた。家ではひたすらSFコミックを描いていた。それは、核戦争後の惑星に出現した突然変異の奇怪な生物が闘争をくりひろげるファンタジーだった。

その絵にぼくは、雑誌から切り抜いたアルファベットの文字をNO FUTURE、WILD PLANETなどと貼り込んでいく。その作業にふたりで没頭した。そんな泉谷を見ていると、人前でうたうことより、絵を描くことのほうが好きなのではないかと感じた。

ぼくらはいつもアートの話をしていた。特に、SFテイストの画家が泉谷は好きだった。フランスのSF画家フラゼッタに心酔していた。坂口安吾の『風博士』も丸山健二の『火山の歌』も彼にとってはSFだった。つくる歌も『電光石火に銀の靴』『暁のL特急』と、SF的になっていった。絵では表現できることが音楽ではできないことにいらだちを感じているようだった。

考えてみれば、公演はさまざまな制約に縛られて成り立つ。泉谷は自宅で花火の戦争ごっこに興じる男だ。通常の公演には満足できなくなっていた。ミッドナイトライブを、場末の地下にある映画館でやりはじめていた。

深夜零時、怒号の中で公演ははじまる。泉谷は休みなく倒れるまで、ひたすらうたいつづける。池袋の地下映画館には、いつものファンとは毛色のちがう男たちがやって来る。彼らはヤクザ者、男色家、お尋ね者たち。異端者の群れが闇にまぎれて地下に集う。

泉谷は何度も刑務所で慰問公演を行ったので、元受刑者のファンも多いのだろう。出所した彼らが集まって来ているのか。「てめえらー!」と、観客に喧嘩を売るようなステージだ。刑務所の公演で泉谷は受刑者にむかって「手を叩くにも、指がねえだろ!」と喚《わめ》き、その瞬間、会場は水をうったように静まりかえった。凍りつく刑務官たちの表情。「言いすぎたか」と泉谷も緊張したが、次の瞬間、爆笑がわきあがる。そんなステージが、泉谷しげるだ。

ステージが終了すると、泉谷は酸欠で昏倒している。元大工にして極真空手の達人である弟の勇が、ボクシングのセコンドのようにふきだす汗を冷たいタオルでぬぐう。勇とぼくで泉谷を抱え、車に運び込む。夜が明けた街を自宅へと車を飛ばす。カーステレオからはトム・ウエイツの『ハート・オブ・サタデイナイト』が流れてくる。かわいい娘を探しに、土曜の夜は車を走らせよう、とトム・ウエイツはうたっている。土曜の夜は明けてしまったが。

「なんで、ここまでやるかね」勇に聞く。「泉谷、いらだってんのかね」

「何に？」

「業界とかにさ」

「どうだろ」勇には、どうでもいい話だ。面倒くさい思考が嫌いなのだ。

車は家に着き、泉谷を二階の寝室に運びこむ。そのまま泉谷は眠りにつく。ぼくはしばらく泉谷宅にいて、勇と「海草の効用」や海草サラダが食べられる店についてなどの面倒くさくない雑談をし、それから疲れきった体にむち打って帰宅する。地下鉄で浅草に帰ると、雷門をくぐり仲見世通りから浅草寺の境内、六区を抜け、馬道のコーヒーショップに寄る。表の問屋街の通りには打ち水がされ、すでにジーンと妹が、開店の準備をしている。急に空腹をおぼえる。妹に、トーストとスクランブルエッグの簡単な朝食をこしらえてもらう。

「昨日、お母さんから電話があったわよ。電話してくれって」

ジーンに言われ、店のピンク電話のダイヤルをまわした。この時間は、家に母しかいないはずだ。

「お前、今週の土曜日、あいてるかい？」

せっかちな母は、いきなり用件をきりだした。

「どうなんだい？」

「どうなんだいって、何の用なのよ？」

「新宿のコマ劇場へ行ってくれないかい？」

要領を得ない。コーヒーの香りが漂ってくる。

「何があるの？」

母は興奮した口調で、一気にしゃべりまくる。

「利三さんがね、表彰されるんだよ」父の話らしい。「銀行の随筆コンテストに応募したら優勝しちゃったんだよ。一等賞だよ。賞金ももらえるんだよ。その話を聞いて、利三さんに何書いたんだいって聞いたんだよ。そしたら、『私の故郷』がテーマだから、品川のこと書いたっていうじゃないか」

電話機の中で十円玉が落下していく。淹れたてのコーヒーを飲んでから電話するんだったと後悔する。

「それで、俺にどうしろっていうのよ?」

「コマ劇場に行っておくれよ」

「なんで、俺が行くの?」

「だってさ、誰か家の者が行かないとカッコつかないだろ?」

「おふくろ、行かないの?」

「わたしは、新宿なんか行きたくないよ。だから、代わりにお前が行ってくれよ。奥さんもいっしょでいいよ。式のあと利三さんに食事ご馳走になればいいだろ」

奥さん? あっ、ジーンのことか。やっとわかった、要するにジーンを連れて行けということだ。そう、父に報告すべきこともあった。

土曜日、コマ劇場では、創業何十周年記念とやらの東京相互銀行の催事がおこなわれていた。ステージでは、大物の演歌歌手や漫談家が客をわかしていた。ぼくとジーンは、父と並んで晴れがましくも最前列の招待席に着席していた。

会場全体に大衆芸能がもたらす華やいだ空気が充溢し、そんな空気はぼくもジーンもはじめての経験なので、「すごいね」と興奮していたが、父はうっすらと笑みを浮かべるだけだった。父は酔うと陽気になるが、素面《しらふ》だと思慮深い面持ちの男だった。歌謡曲も漫談も、ほかの観客のように楽しんでいるようには思えなかった。父はテレビもＮＨＫしか見なかったし、新聞は『朝日新聞』しか読まなかった。それは若いころのすべてを戦争の犠牲にされた世代の、悲しい性《さが》だったのかもしれない。

父の名前が劇場にひびく声で呼ばれた。拍手がわきあがった。父は席を立ち、舞台にあがった。司会者がいう。

「全国のお客様を対象に『私の故郷』というテーマでエッセイを募集したところ、三千人からの応募があり、審査の結果、国立市在住の森永利三さんが優勝いたしました」

壇上の父は相変わらずの笑みで、スポットライトと万雷の拍手を浴び、銀行の頭取から表彰状と賞金を手渡された。挨拶でもするかなと期待したが、マイクを手にすることなく壇上からおりた。

その後、三人で街にでて三光町の鉄板ステーキ屋にはいった。ぼくは、数カ月間ジーンに相談をうけていた話を父にした。ピアニストになるのが夢だったジーンはピアノにもう一度挑戦したくなったのだ。ロンドンの音楽学校に留学し、世界的なピアニストを目指したいとジーンはぼくに言った。「じゃ、ロンドンに住む？」と聞くと、ジーンはうなずいた。ジーンは、いまぼくが仕事に熱中しているのを知っている。ロンドンにいっしょに行こうとは言わなかった。

だからぼくらは別居してそれぞれの道を行くと話すと、父は公式の場での笑みとはけた外れに破顔し、

「わたしも近々、鉄道施設の建設指導で中東の油田に行くんだ。日本人はこの島国にとどまってたら世界の田舎者だよ。ロンドンに行きなさい」

と賛成するのだった。そして、父はもらった賞金袋を、スーツの内ポケットから取り出し、「これ、餞別《せんべつ》だ」と、ジーンに渡した。

父は終始ゴキゲンだった。仕事で中東に行くことがよっぽどうれしいらしい。何度も父

はジーンに「ロンドンに行きなさい」と渡英をすすめた。海外に出ようとしているふたりの会話ははずみ、ぼくはすこし置いてけぼりをくらった気持ちになったが、ゴキゲンな父の笑顔がジーンへの何よりの餞別になると、ジーンを見て、ひとり想っていた。別れ際、ジーンがあらためて「ありがとうございました」と言うと、父は「いんだよ。あんたは、息子を拾ってくれた神様なんだよ」と大声で笑った。

そんな父の笑い顔を見るのは、はじめてだった。

10 カリフォルニアの空を仰ぎ見ていた。

「森永、ロスに行くぞ」と泉谷がいうのだった。

「ついに、決まった？」

「トゥルバドールでやる」

「俺も行きます！」

「行こうぜ！」

何カ月も前から後藤さんがトゥルバドールに泉谷の出演を打診していた。トゥルバドールは、アッシュグローブと並ぶロスの名門ライブクラブだ。いっとき、ジョン・レノンが毎晩通って悪酔いしていたことでも知られていた。トゥルバドールのあるサンセット・ブールヴァードの近くにはアサイラムレコードのオフィスがあるので、アサイラムのアーティストたちの溜まり場でもあった。そこで泉谷の公演が決定した。

〝カリフォルニアの青い空〟というステレオタイプなイメージは、ウソくさい。ロスといえば、なんといってもドアーズだった。すでにジム・モリスンは夭折《ようせつ》していた。ぼくはトム・ウエイツこそがモリスン亡きあとのロスのリアルな吟遊詩人だと思っていた。そのトム・ウエイツも、トゥルバドールの常連客だ。トム・ウエイツには絶対会えるだろう。会いたい。

ロス公演を発表する記者会見で心境を聞かれた泉谷は「何もないものに向かっていくロマン」と答えていた。さすがの泉谷も、海外公演には不安を感じていたようだ。でも、その不安をロマンと語るのが泉谷だった。

日本人の海外公演はすでにフラワー・トラベリン・バンドがカナダ公演を成功させていた。泉谷が初挑戦というわけではなかったが、渡米前に大きなニュースとして報道された。ぼくは『フォーライフ・マガジン』でその特集を組むために随行した。羽田からホノルル経由ロス行きのチャイナエアに乗ったのは、泉谷とマネージャーの伊藤とぼくの三人だった。

機中で、「おい、ホントにロスで公演すんのかよ。実感わかねえな」と泉谷は繰り返す。「ロスに行ったら、ハリウッドとかより、時間つくってメキシコに行こうぜ。ペキンパーの『ガルシアの首』みてえな世界に行ってみようぜ」ともいう。「アメリカは動きまわればまわるほどおもしれえんだ」。泉谷の不安と興奮が、会話から伝わってくる。

ホノルル空港のトランジットではターミナルの施設内で時間をつぶしたが、射し込んでくる外光の輝きには、すでに七月のカリフォルニアの光の粒子がたっぷりふくまれている印象だった。

ロス到着は真夜中だった。税関を通過すると、現地で合流する段取りになっていた写真家と、泉谷の公演をサポートするロス在住の日本人チームがキャンピングカーで迎えに来ていた。車体にはペンキでデカデカと"OH! MANGO"と描かれていて、それを見た泉谷は長旅の疲れを吹き飛ばすかのように、ロス到着第一声をシャウトした。

「オーマンコ！」

爆笑が、深夜の空港ゲートにはじけた。

ホテルはウエストハリウッドのサンセットマーキーだった。滞在は二週間。後藤さんたちはあとから合流する予定になっていた。それまで、現地スタッフの案内で泉谷のいう「動きまわる」日々を送ることになった。

ぼくはすでに日本で拓郎のつま恋や泉谷のミッドナイトライブなどの公演を目撃し、ライブだけがヒトにもたらす異常な高揚感を体験していたが、アメリカではどんな状況で観客がエンジョイしているのか、この目で確かめたかった。

数日後、ぼくらはOH! MANGO号に乗って、ロス郊外のアナハイム・スタジアムにむかった。

そのころ、アメリカのトップ・アーティストは、一千万枚を超すアルバムセールスを達成したピーター・フランプトンだった。フランプトンのスタジアム公演がプログレッシブロックバンドのイエスをゲストに迎え、アナハイムで開催される。何万人ものファンが、民族大移動のように郊外にむかった。

途中、いかにもフランプトン・ファンらしいヒッチハイカーのアメリカ人少女ふたりを拾った。車中で泉谷はギターをかきならし『暁のL特急』をシャウトしつづけていた。少女たちは表情をこわばらせ、狂人でも見るかのように、泉谷を見ていた。

スタジアムの入り口には拳銃を携帯した警官が整列し、厳重に入場者のボディチェックをしていた。

「何、チェックしてんの？」

同行した現地スタッフに聞いた。

「拳銃だよ。ベトナム帰りで、頭のおかしいのが多いんだよ」と前方の群衆にむけて、彼は拳銃をかまえるマネをした手を伸ばし、人差し指をひいた。真夏の暑気でわきたつグラウンドを、ヒトをかきわけて中へと進む体の背筋に冷たい汗が流れ落ちていった。

グラウンドは、数万人の観客で埋まっていた。マリファナの煙がもうもうとたちこめている。ぼくらのもとにも右からも左からも、前からも後ろからもジョイントがまわってくる。まだ、公演ははじまっていない。会場には黒人がひとりもいない。全員が十代に見える若い白人だ。

「みんな、空を見てくれ！」

アナウンスが会場に流れた。カリフォルニアの午後の太陽の光が目にふりそそぐ。みんな手をかざし、仰ぎ見ている。一機のヘリコプターが飛んできた。上空で旋回をはじめると、機体から五色の煙が噴出した。と、同時にヘリコプターは飛び去った。空に残された煙は降下してくる。その煙の中から突然、パラシュートが出現した。その瞬間、地を揺るがす大歓声がわきあがった。スカイダイバーへ、数万人の歓声、口笛、拍手が送られる。

「孫悟空だ！」思わずぼくは叫んでいた。それは五色の觔斗雲《きんとうん》から出現した孫悟空だ。ジョイントでフラフラになっていたぼくの頭は、公演前のアトラクションで吹き飛ばされた。公演より、このアトラクションがぼくの脳裡に強烈に焼き込まれた。田名網さんのサイケアートをはじめて見たとき以来の衝撃だった。

サンディエゴフリーウェイを国境へと南下すること三時間。念願のメキシコのホコリっぽい空気を吸い、泉谷は「ペキンパーだよ」と興奮していた。彼はサム・ペキンパー作品『ガルシアの首』に見るメキシコの風土と、主演ウォーレン・オーツのアンチヒーロー像に心酔していた。しかし、ティファナは物乞いが徘徊するひたすら貧しい町だった。子供たちはボロを身にまとい、町を散策するぼくたちにつきまとう。彼はめずらしく戸惑いの表情を見せ、

「まいったな。これじゃあ、終戦直後の日本じゃねえかよ」

とつぶやいた。

子供たちはどこまでもつきまとい、手にしたガムを買ってくれと乞う。ティファナの町はゲットーだった。浮浪者の町だった。

「俺よ、同じくらいのガキがいるだろ。きついな、この町。早く出よう。つらいんだ。俺もよ、ガキのころ、同じ境遇だったんだよ」

高地を上りきると、そこには貧しい村があった。そこでもまた物珍しそうに子供たちが群れてくる。ボロを着た幼子《おさなご》を、泉谷が抱きあげる。

「おい、かわいいな。この子の体の感触がよ、まいったな」

声に感傷がにじむ。乾いた風が音をたてている。大人は突然あらわれた得体の知れない黄色人種の闖入者《ちんにゅうしゃ》たちを、無表情に遠巻きにして見ている。見下したティファナの町に狼煙《のろし》のような竜巻が迫っている。

「もう、帰ろうぜ」

泉谷の声は、風にさらわれていく。車は国境の町へと下っていく。彼は消沈したままだ。ぼくは、小声で口ずさんだ。

季節のない街に生まれ
風のない丘に育ち
夢のない家を出て

愛のない人にあう

公演の二日前、彼とホテル近くのレストランに朝食をとりに行った帰り、市街を見おろす坂を下りながら、ぼくは感じていたことを伝えた。

「泉谷は、ビートだと思うよ。ビートニクだよ」

「アレン・ギンズバーグの『吠える』な。あの感じは好きだね」

「おなじ路上に立ってる気がするな」

「俺はゲイじゃねえけどな」

ぼくらは坂を下っていく。もうすぐホテルだ。

「このあいだ、このあたりでゲイの俳優が殺されたんだよ。新聞にでてたよ」

「誰だよ?」

「ホラ、『理由なき反抗』にでてた。ミネオとかいう」

「物騒な街だね。どうなんだ、俺の公演。客、集まんのかよ」

「ノー・プロブレムでしょ」

リムジンがホテルの玄関に乗りつけた。中から、タキシード姿の白人がころがるように出てきた。手にシャンパンのボトルを持っている。見おぼえがあるぞ。思い出した。ブライアン・フェリーだ。フェリーはサンセットマーキーを常宿にしていた。ホテルのバーで何度か、そのダンディーな姿を見ていたが、リムジンからころがり出てきたフェリーはヨレヨレだった。

後藤さんたちフォーライフの連中が、ロスに乗り込んできた。トロントにプライベートであそびに来ていた陽水までもが、やってきた。気難しそうな気配も霧散して、快活だった。それでも、泉谷ほどはプライベートな時間を共有できない。一線がひかれている。何者なんだろう、このヒトは?

ぼくはすでに『フォーライフ・マガシン』でたくさんのアーティストを取材していた。大方は新譜のプロモーションに終わった。取材のための限られた時間では、相手の人間性に触れるといってもしょせん限界がある。なぜか、泉谷とだけは親密さが増していった。取材という意識はなくなっていた。すべては体験だった。目撃だった。陽水は、誰にもそれを許さないように思えた。

やはり、トム・ウエイツには会えた。

公演日。開演前、バーは客でごったがえしていた。トム・ウエイツもJ・D・サウザーも来ていた。トム・ウエイツの写真を撮ろうと声をかけ、持参していた『フォーライフ・マガジン』を手渡した。全身、想像通りの男だった。一九三〇年代の失業者のような、街から街を列車の無銭乗車で渡り歩く放浪者のような。ぼくは「あなたに会えて光栄です」と正直に気持ちを伝えた。

「来年、日本に公演に行く話がきてるけど、客は集まるのか?」

「何の問題もないよ」

「シゲルはどんなヤツだ」

「シンガーになる前は工場労働者だったんだ」

「そいつはホンモノだな。俺はガキのころから、深夜営業のピザハウスの店員やってたんだ」

「夜の歌しかないよね」

「俺の一日は、このクラブで一杯ひっかけてはじまるんだ」

「シゲルもあなたのファンだよ。声も似てるよ。顔も似てる。酒は飲まないけど。場末の地下映画館でミッドナイトライブをやってる」

「場末のクラブで歌いつづけるヤツしか信用できない。シゲルは、そうなんだな。俺は日本人の歌を生で聴くのは初めてさ」

「写真撮っていい?」

「いいさ、撮ってくれよ」

トム・ウエイツは胸の前に『フォーライフ・マガジン』を掲げカメラの前に立った。酔客ジョン・レノンのことを「サイテー野郎!」とこきおろしたウエイトレスがやってきて「トムは最高よ」と耳打ちした。トム・ウエイツとは同じ年齢だ。音楽も大好きだったが、その気さくな人柄にも魅惑されていた。たとえばジローさんと出会った新宿の飲み屋にいても全然不自然じゃない、彼の歌の中にジーンがでてきてもおかしくない、そんな身近な印象をあたえてくれた。

バーの奥のライブ会場からは鐘の音が流れてきた。三百ほどの客席はほぼ埋まっている。日本人の海外公演の場合、客席を埋めるのは日系アメリカ人と相場は決まっていたが、ぼくが目撃したのは白人客だった。年齢層も高い。全体に知的な階層に見えた。

ぼくは楽屋をのぞいた。

「客、集まってるか?」

「満員だよ。J・D・サウザーもトム・ウエイツも来てるよ」

「よっし、やるぞ! まかせとけって」

マネージャーの伊藤が、開演時間になったと告げにきた。鐘の音が風の音に変わった。

「よし、行こう!」

泉谷はステージにむかった。ぼくは客席へと走った。歓声が聞こえる。すでに泉谷はステージに立ち、一曲目の『野良犬』をうたっている。彼は、早口で「八百屋のおかみさんが駆け落ちしたって、とてもじゃないがイロっぽくない……」とうたう。

泉谷は十二曲ぶっ続けでうたい通した。


二回目のステージは、深夜十一時にはじまった。

明らかに声の深みは増し、劇的波動を観客に伝達していた。ぼくは、ある中国人俳優が観客の前で、ひたすら電話帳を読みあげただけで観客を泣かせたというエピソードを思い浮かべていた。ジローさんから聞いた、「音楽は理性を超える」という言葉を思い出していた。

ステージを終え、楽屋に戻った泉谷は精魂果て、言葉も出ない。椅子に座り、首を垂れている。歓声が聞こえる。鳴りやまぬ「シゲル！」コール。後藤さんが楽屋に飛び込んでくる。

「泉谷、アンコールだよ。客がひとりも帰んないんだ」

クラブのスタッフも「こんなことはめずらしい」と興奮している。

歓声が怒濤の様相をおびてくる。

「よし、行くか」

椅子から立ち上がり、泉谷は舞台へとむかった。すさまじい歓声だ。胸に熱いものがこみあげてくる。

アンコールは一曲が限界だった。それですべてが終わったはずだった。伊藤に体を支えられて、彼は楽屋に戻ってきた。楽屋には関係者が続々と詰めかけてくるが、泉谷は顔もあげられない。

「スティーヴィー・ワンダーのマネージャーのクリス・ジョーンズが会いたいといってます」

クラブのスタッフが告げ、スーツを着た黒い巨人が入ってきた。

「スバラシイ公演だった。あなたはマレにみるスグレたスピリットをもつソウルシンガーだ」

泉谷は「サンキュー」と一言だけ返した。

「スティーヴィーがいま、クリスタルスタジオでレコーディング中だ。これから案内するから、行かないか」

と言うのだった。クラブのスタッフたちの間に、まさかという空気がひろがった。その誘いは一夜の成功とは別次元の、奇跡にも近い名誉であるにちがいなかった。彼がスティーヴィーのファンだったとは思えないが、椅子から立ち上がり「よし、行こう」と歩きだした。

クリスのリムジンでスティーヴィー・ワンダーのいるスタジオへと向かった。真っ暗闇に近い夜の街を十五分ほどリムジンは走り、目指すスタジオに到着した。闇の中でスタジオは、格納庫のように見えた。どこにもヒトの気配がしない。ふと、不安に襲われたが、先導する黒人はまぎれもなくクリス・ジョーンズだ。建物の中にはいっても、印象は殺風景だった。黒人のセキュリティーが立つ幾《いく》つものゲートを抜けて、レコーディングルームへ向かった。ギャングのアジトに潜入する気分だった。

部屋にはいると、ミキサー卓のまわりには大勢の黒人スタッフがひかえ、ガラス越しのレコーディングブースでは、サングラスをしていないスティーヴィーがマイクに向かってうたっていた。ぼくらは待つようにいわれ、ソファに座った。レコードで聴きなれた若々しい声に聴き惚れる。

スティーヴィーの歌入れが一段落し、「入ろう」といってブースのドアをくぐるクリスにぼくらもつづいた。クリスはスティーヴィーに、彼が感じた今夜の衝撃を伝えた。スティーヴィーは泉谷に「君の成功をぼくはよろこんでいる。会いにきてくれてうれしいよ」と手をさしだした。泉谷は嗄れ果てた声で「どうも」とだけいって握手に応じた。ふたりが手を重ねる瞬間を写真に撮った。そこで、ぼくのロス取材は終わったのだった。

11 海賊たちは原宿で胸ときめかす。

「やっぱり、アメリカのスターはなんかちがうでしょ」

高級フランス料理店マックローで、前に座っている田名網さんが言う。

怒濤のようなＬＡ旅行から戻って二日後の夜だった。スティーヴィー・ワンダーに会ったいきさつを話した。

「あれだけのスーパースターがじつに自然体なんで、ビックリしました。オープンマインドっていうんですね。日本だと、スターもまわりの人間も、どうしても神経質になってしまうのに、彼らはオープンマインドなんです。ところで田名網さんは、アメリカのスターでは誰が好きなんですか？」

「俺がいちばん好きなのはジェーン・ラッセル、森永くん、知ってる？」

ジローさんに聞かされたことがあるが、映画は見ていない。

「ハワード・ヒューズは知ってるだろ？」

「航空会社まで持っていた石油王ですよね」

「ヒューズは映画もつくってたんだよ。いちばん有名なのは『ならず者』。ジェーン・ラッセル主演だよ」

気がついたら、店は満員になっている。どう見ても、この中でぼくがいちばんの若造だ。写真家、作家、タレントと客層は華やかだ。

「巨乳なんだよ」

「えっ、誰が？」

「ヒューズなわけないだろ。ジェーンがだよ。だいたいあれだね、ジェーンという名の女はジェーン・マンスフィールドもそうだけど、巨乳だね」

「田名網さんは巨乳好きなんですか？」

高級フレンチにふさわしい話題ではない。

「好きだね。それもジェーン・ラッセルを子供のときに見たからなんだよ」

田名網さんは、ジローさんに似て高尚なことを話題にしない。内容があるようでないような、古きよきアメリカ映画が好きなところも同じだ。

「『ならず者』でハワードがしたことがすごいんだ。ジェーンの巨乳をうつくしく見せるためにだよ、自分の航空会社の技術者たちに、こう」といって田名網さんは自分の胸の前に手で弧を描き、「撮影中の激しいアクションにも巨乳の形がくずれないよう、特殊ブラジャーを開発させたんだよ」

やはりジローさんと同族だ。映画の主題やシナリオ、役者の演技を楽しむのではなく、ジローさんなら煙草のパッケージの色、田名網さんは特殊ブラジャーに注目する。

「みんなは高尚で芸術的なヨーロッパ映画が好きだったけど、俺はエロ映画ギリギリのアメリカのB級映画がたまらなく好きでね。それが俺の原点だな」

「田名網さん、久保田二郎、知ってますか？」

「よく、知ってるよ。久保田さんはジャズ界のフィクサーでね、いっときヘレン・メリルっていう大シンガーと恋仲だったんだよ。久保田さんにたのまれて、ヘレン・メリルの公演のパンフレットをデザインしたこともあるよ」

「それは、すごいな」

「なんで、森永くん、久保田さんを知ってるの？」

「知ってるもなにも、ぼく、ジローさんと同居してたんです」

「そうか。森永くんはどこか変わったところあると思ってたけど、久保田さんとそこまで親しいのか。あの人は、相当変わり者で知られてたからね。いつの間にか、業界からいなくなってしまったけど、森永くんといたのか？」

「長くじゃないですけど、ぼくのうちにころがりこんできたんです」

「おもしろいだろ？」

「田名網さんに少し似てますね。そのB級好きなセンスとか」

「それ、じつはものすごく大事なことでね、アートとかデザインは専門的な教育をうけてないヒトがやったほうがおもしろい。映画の看板描きが描いたものを見ると、すごいヴァイタリティーがある。アートもデザインも街中にこそある。それも場末にね」

それはたぶん、どんな教科書にも載ってない街場の教えなんだろう。トム・ウエイツや泉谷の歌のようなものなのかもしれない。

田名網さんはこんなことも言った。

「高級な紙に印刷するより、安っぽい紙に印刷したほうがおもしろいよ」

その数日後、スケボーで編集部からフォーライフへとむかう道すがら、表通りから脇にはいった路上で大野真澄がひとりの男性と親しげに会話しているのに出くわした。大野はすでにフォーライフ所属のアーティストになっていた。ぼくが声をかけると、大野は立ち話をしていたその男性、山崎眞行さんを紹介してくれた。

「山崎さんはこの町で二軒、スナックやっているんだよ。キングコングとシンガポールナイト。今度はここで古着屋はじめるんだって」

ふたりは路上に立って、目の前の建物の壁面にペンキで描かれていく絵を見ていたのだ。ツナギ姿の男がショップ名なのかCREAM SODAとコカ・コーラの書体で描いていた。しばらく雑談ののち、大野は仕事に行くと去っていった。ぼくも約束があったのだが、

「お茶でも飲みに行きますか？」

と山崎さんに誘われ、近所にある彼の店シンガポールナイトに行った。つま恋の打ち上げパーティーがひらかれた店だ。店のピンク電話からフォーライフの宣伝部に電話して、会議の時間を遅らせてもらった。山崎さんと話してみたくなっていたのだ。山崎さんはエルヴィス・プレスリーのようなリーゼントにしていた。南国風プリントのアロハシャツを

着ていた。五〇年代のハリウッド映画から飛びだしてきたような印象だった。

あらためて店内を眺めまわすと、そこは撮影スタジオにつくられたセットのような、擬似南国空間だった。

「店の絵は誰が描いてるんですか？」

「友人。テレビ局で大道具つくってた。さっき古着屋で、ハシゴにのぼって描いてた人です」

「ロスでは見たけど、店に絵を描くってめずらしいですね」

「ぼくね、妄想するんです。ここなんて何でもない町はずれなのに、店の中にはいったらシンガポールだって、妄想するんです。その妄想を絵に描いてもらう」

「絵が好き？」

「たぶん、ぼく、絵を描くことがいちばん好きです。子供のころは毎日絵を描いてました。でも、東京では描かなかった。絵描きに描いてもらっていたんです」

一番好きなことは仕事にしないということなのか？　その質問はのみこんだ。

「なんで、シンガポールなんですか？」

「思い出ですね」

といって、山崎さんは、その思い出を聞かせてくれた。その話が、あまりにおもしろく、フォーライフへ行く時間になっても席を立たず、会議をすっぽかした。寄り道だ。おもしろいことを優先するのは、原宿の町の教えだった。

シンガポールナイトは渋谷寄りにあったが、もう一軒のスナック、キングコングは明治通り沿いの千駄ヶ谷寄り、東郷神社向かいのビルの地下にあった。そこは原宿初のフィフティーズ、ロックンロールを打ち出したスナックだった。

「ぼく、そこのマスターですよ。原宿では後藤さんがペニーレインやってましたからね。拓郎が『ペニーレインでバーボン』をうたって全国的に有名な店になって。それに比べたら、ぼくらチンピラですよ。店も閑古鳥がないてました」

ある日、キングコングに絶世の美女が現れた。彼女はイギリス人。日本を代表する化粧品会社のCMで毎日、テレビに彼女の顔が流れている。だから山崎さんは、すぐそのモデルだと気づいた。しかし、自分とは縁がない。彼女はいかにもハデな業界人たちと来ていた。

何度か彼女が顔を見せるうちに話す機会があり、山崎さんは数年前にキャロルのメンバーたちとロンドンを訪ねた話をした。そのとき、山崎さんはマルコム・マクラーレンとヴィヴィアン・ウエストウッドのショップ、レット・イット・ロックを訪ねた。その店が好きだと彼女に話すと、

「あたしも好き」という。

その一言で一気に距離が縮まった。

山崎さんは、まるで、感動した映画を見たときのようにぼくに物語を聞かせる。ぼくは、

「それで、それで」と畳み掛けた。

これは、小さな町の片隅に花開くラブロマンス。それはトム・ウエイツの『ハート・オブ・サタデイ・ナイト』の歌に見るロマン。

なんて、ドラマチックなんだ！

ぼくは、こんな物語が好きだ。

「それで、山崎さんとトップモデルは、どうなったんですか？」

「香港に行きました」

なけなしの売上金をぜんぶ持って、山崎さんは彼女と香港へ。トップモデルと山崎さんのラブロマンスは、たちまち小さな町のウワサになった。

「みんな、彼女に憧れてましたからね。デマだろって、店に確かめにきたんですよ。それで、店に客がくるようになった」

山崎さんは、ある日、仕事でスマトラにいる彼女からシンガポールで会おうと長距離電話をうけた。落ち合う日だけ決め、約束した日、シンガポールにむかった。空港に行けば、彼女に会えるだろうと。

「ぼくら何でも、アバウトなんです」

「で、会えました？」

「ええ、空港で。そのとき、彼女とシンガポールで過ごした思い出を、この店にしたんです」

「思い出を店に？」

「ええ。シンガーソングライターの人が、歌にするみたいに、ぼくは店にして残すんです」

「ぼくがいま仕事をしているデザイナーが、高尚なものよりB級なものに価値があると言っているんです。山崎さん、どう思いますか？」思わず口をついて出た質問だった。

「わかります。高尚なものは勉強すれば、誰でもできんですよ。でも、B級はプレスリーですよ。あんな安っぽいカッコして。でも、それで歴史に残ってるんです。チープだから残る。高尚なものは残んないんですよ」

山崎さんは持論を語る。エピソードを語りながら、その事象を深く考察してみせる。そんな山崎さんからは街場の哲学者という印象をうけた。

「この町で、何か、いっしょにできたらいいですね」

山崎さんにいわれ、

「ぼくは編集者なんで、本とかつくれたらいいですね」

ぼくは『フォーライフ・マガジン』の編集長という肩書を得て、活動領域が一気にひろがったが、ほんのすこし悔悟《かいご》の気持ちを持つようになっていた。拓郎も陽水も、泉谷でさえ大物すぎる。大物とは、サワラでいう腹。鼻先ではない。ぼくは何かを仕留めようとか、狙うとかして生きているわけではないが、大物たちが生きる世界のむこうにひろがる世界を垣間見ても、そこが自分の居場所だとは感じられない。そこには記録的数字は存在するが、それは星々の煌《きら》めく銀河ではない。そんなことを思案しながらスケボーで道ゆく途中、山崎さんに出会ったのだ。

この小さな町からはじめられる何かがあるのではないか？　それは直感だったかもしれない。

「森永さん、薄っぺらくてもいいけど、この町から発信するロックンロールマガジン、作りませんか。うちの店で売りますよ」

ひさしく忘れていた高揚感を感じた。

「じゃ、それ、『ツイスト＆シャウト』とか、どうですか？」

「決まりですね」

「やります」

山崎さんの古着屋はクリームソーダという名だった。ロンドンで仕入れたフィフティーズの古着を売っていた。ＢＧＭもフィフティーズのロックンロールだった。それは初めて目にする世界だった。内装から商品、音楽、店員のスタイル、すべてはフィフティーズというひとつのセンスで統一されていた。シャツのデザインは絵柄はチープだが、ボウリング、サーフィン、ロックンロール、ホットロッド、ツイスト等、五〇年代のあそびを連想させた。中には、初期のビートルズをモチーフにしたスカートもあった。ぼくには、それが斬新なグラフィックデザインに思えた。グラフィックデザインは紙媒体にかぎられたものだと思いこんでいた先入観が、ひっくりかえってしまった。編集に、そのセンスを導入したらおもしろいと直感した。生活観を刺激する、何かストリートと直結したマガジンを制作したくなっていた。

すでに、パンクも日本に上陸していた。

「コミックマガジンみたいに薄いのがおもしろいんじゃないですか。まるめてポケットにつっこめるでしょ」

レオンの窓際の席でぼくらは話していた。

この数カ月で、山崎さんがロンドンや西海岸から原宿に持ちこんだ古着を着る若者を表参道で見かけるようになった。スケートボード。オートバイ。ホコテンのツイスト。町が熱をおびはじめていた。

八曜社にデザイナーとしてはいってきた立花ハジメは、そのころロンドンのパンクシーンに傾倒し、デザインのルールを破る独自のスタイルを目指していた。プラスチックスというパンキッキュなテクノポップバンドでも活動していた。

『ツイスト&シャウト』を、その立花の感覚でアートディレクションしたらおもしろいものになるだろうと、話を振った。おたがいの創意がスパークし、その火花の中から、自分たちの思いもよらなかったものが誕生する。そんな期待があった。

アイデアがかたまり、ぼくらは渋谷のコピー屋にでかけた。立花が用意してきた仏版『ヴォーグ』をコピー機のガラス面にのせると、表紙の複写が飛びだしてきた。ぼくはそれを手にとり、興奮していた。瞬時に画像が出現する。そのスピードが驚異だった。そのころウォーホルの影響もあって、ポラロイドカメラを『フォーライフ・マガジン』の制作に導入し、グラビアをインスタント写真だけで組むときもあった。

立花は用意してきた小物を、ガラス面に配置していった。どこでさがしてきたのかバービー人形とミニチュアのエレキギターとアンプ、それらを組みあわせるとガールズロッカーができあがった。そのうえに『ヴォーグ』をおき、ボタンを押した。これまで目にしたことのないイメージが出現した。

「これがパンクですよ。コピー代だけ。一瞬」

ぼくが立花に期待したのは、デザインの技術的なことより、こんな即興的な姿勢だった。町に出て行って制作する。何の技術も必要としない。ぼくは写真を集めた。出版社から無名時代のビートルズの写真を借り、コピーした。友人の写真家からキャロルの写真を借り、コピーした。ジェームス・ディーンやマーロン・ブランドのスチール写真を借りて、コピーした。コピーから人物だけをハサミや手で切り取っていった。立花と手分けして、ノリで貼って合成した。すべて手作業だ。

また、山崎さんのショップの古着やアンティークも撮影し、それも合成した。渋谷の古書店で探してきた古いコミックマガジンのコマも切り抜き、合成した。

完成したコラージュに立花が、文字を貼っていく。写植屋からあがってきたテキストも貼りこんでいく。あっという間に版下が手仕事で完成した。編集というより立花とふたりで演奏した気分だった。誌名のまま、画像をツイストし、貼り込み文字でシャウトする。

印刷があがると、ぼくは山崎さんのもとに勇んで持っていった。

「ぼくが最初に新宿でやったロックショップの怪人二十面相も、こんな感じでした。一晩で内装しちゃうんです。完成なんてない。イメージ、たたきつけて、それもすぐこわして、新しくしちゃう。それとおなじスピリット感じますよ」

原宿初のパンクなタウン誌は書店売りせず、山崎さんの店以外にも、後藤さんの店や新しくオープンしはじめたショップで販売した。

「ちょっと見てもらいたいものがあるんです」と山崎さんから電話がかかってきて、ぼくはシンガポールナイトにむかった。山崎さんは海賊旗の髑髏《ドクロ》マークをぼくに見せた。クロスしたふたつの大腿骨のうえに頭蓋骨。決して上手いとはいえないその絵を手にとり、ぼくは聞いた。

「何なんですか、これ?」

ひと目で、虜にさせられる不思議な魅力があった。

「自分のブランドをつくろうと思ったんです。古着だけでなく、オリジナルの服をつくるんです」

「そのブランドのトレードマークがこの髑髏ですか?」

「どうでしょう?」

山崎さんは一杯目のコーヒーをすでに飲みほしていた。山崎さんは空想の世界に生きているように感じる。シンガポールナイトの店内にはカーペンターズの新作が流れている。すこしセンチメンタルなメロディーがペンキで描かれた南国的楽園を思い出の一場面へと演出する。外には、まだ夏の陽光が降りそそいでいる。店にはぼくらしかいない。

ぼくはかつて、海賊に関する本を読み漁《あさ》ったことがあった。名前は忘れたが、アムステルダムにいた海賊船の船長の話をおぼえていた。

「二本の骨と頭蓋骨のこのマークは、復活を意味する特別なシルシみたいです。そのころ、イギリスはアフリカの黒人を奴隷にし、物のように売っていたんです。奴隷船がアムステルダムに来たとき、海賊船が襲撃し、奴隷を解放し、そのとき船長が、なんびともなんびとを支配してはならず、ヒトはみな自由である、と宣言したんです。海賊が歴史上最初に自由というコトバを使ったんですね」

「自由。わかります。ぼくは子供のころに、クサリを断ち切っちゃったんだと思うんです」

「どういうことですか？」

山崎さんはエルヴィス・プレスリーの『ハートブレイク・ホテル』の衝撃を語りはじめた。小学四年の夏。ラジオから突然流れてきたその曲を聴いた瞬間のことを忘れていない。

「その感動なんて、いってみれば、ただのロックンロールだし、なんてことないものなんだろうけど、ぼくには、なんていうんですか、こう、空から降ってくるようなこと？　ロックもロールも、そんなようなことです。この髑髏マークも、ある日、原宿を散歩していたら、空から降ってきたんです。なんだかわかんない。この町に降ってきた」

「で、商標にしようと？」

「やったら、面白いかな。だって、誰もやってないことですし。バカげてるでしょ。古着屋にクリームソーダという店名もよくよく考えたらおかしい。ぼくの店の名前、そんなのばかりです。怪人二十面相、キングコング、シンガポールナイト、でクリームソーダ」

そのとき見せられた髑髏マークは、ショップの看板からTシャツ、タグなどに登場した。それもまた、町の片隅を飾るいかがわしく毒気に満ちたデザインだった。それは目を楽しませることも、ましてや業種を説明する機能もなく、ただただ心騒がす存在感を放っていた。髑髏マークは原宿の裏紋章になった。

矢沢永吉の時代がはじまろうとしていた。矢沢が『フォーライフ・マガジン』の創刊号に登場したときには、まだ、その熱狂はやってきていなかった。

矢沢のいたキャロルは日本のロックシーンに、衝撃的に登場した。メンバー全員がステージ衣装を着て、おなじ髪型のリーゼントだった。ステージ衣装を身につけることは、ブームの終焉《しゅうえん》したグループサウンズの様式だった。ロックは自由や個性を尊ぶ。よって押し付けの制服はない。ステージ衣装はない。メンバー各々、日常着のままステージにあがる。キャロルがデビューしたころ、ロックはすでにそういう方向へとむかっていた。

キャロルのステージ衣装である革ジャンスタイルの元は、ビートルズがまだクラブでロックンロールを演奏するハコバン稼業に明け暮れ、シルヴァー・ビートルズと名乗っていた時代のユニフォームだった。それは、イギリスの労働者階級のスタイルだった。キャロルは、あえてそのスタイルを選択した。しかも、川崎のバンドというふれこみだった。川崎は、光化学スモッグが街をおおう工業地帯だった。無法が路地にはびこるようなダウンタウンだった。彼らの最初の本のタイトルは『暴力青春』。キャロルは「暴力」を匂わせた。そんなバンド、日本にはなかった。

そして矢沢は革ジャンを脱ぎ捨て、ソロになった。白いスーツでステージに立った。

ぼくは、ソロになった矢沢を追うようになった。

矢沢はみんなからボスと呼ばれていたが、ボスは何の気負いもないスタイルをしていた。ステージではリーゼントにする髪は洗いっぱなしのボサボサで、無精ひげがアゴをおおう。身につけているのは、労働者のワークウェアのような服だった。しかし、その「カッコをつけていない」矢沢独特のスタイルが、贅肉のないドーベルマンのようにひきしまった肉体にいちばんさまになる。自信に満ちた肉体に虚飾は不要であることを、ボスは証明していた。

創刊号のグラビアを飾るスタジオ撮影のあと、六本木の中華料理屋ではじめて矢沢と会話をした。世間話など一言も口にしない。過去も振りかえらない。現在もかえりみない。ひたすら次の戦いへとむかう戦士のような、己の精神を鼓舞するような発言に終始した。その戦いは、まずはロックを真っ当な仕事、可能性に満ちたビジネスとして確立することを目的としていた。

陽水のように売れなければ、いくら声高に発言しても世間は聞いてくれない。言いたいことは山ほどある。怒りもある。アーティストとしての権利を獲得しないかぎり、自分が理想とする作品は作れない。自分を守るのは自分しかいない。矢沢は論理をもって語る。言葉にたくみさはないが、経験から学んだ理路を浮きぼりにする。そうやって、矢沢はみずから「矢沢」と呼ぶ男を叱咤激励する。

ぼくは矢沢の発言を聞きながら、音楽を人の精神に強い作用をおよぼす力として用いる呪術師と対面している気分になっていた。

ぼくは矢沢のツアーに同行し、地方都市の公演会場で歓喜と哀切の感情の激しい振幅を通し、ヒトが呪縛から解き放たれていく瞬間を何度も目撃した。それはエンタテインメントを超え、自分がどこにいて、何をしているのかも忘却してしまうスピリチュアルな体験だった。矢沢の声は、魂の深奥から発せられ、喉仏で感情の塊《かたまり》となって飛び出していき、聴く者を打った。喜怒哀楽は勝負を賭けるポーカーの札のように、最高の並びへと、一夜のショーでそろえられていった。感情そのものの声こそが、矢沢の呪術力の源だった。

矢沢の武道館公演の日がやってきた。日本人のロックミュージシャン初の武道館単独公演は、矢沢の意のままに進んだ。歓声は一曲一曲に対してではなく、一声一声に、むけられた。

武道館をゆるがす熱狂のなかで、自分の内に声を聞いた。

「お前が心楽しいと思った道を歩め。それがお前にとっていちばん正しい道だから」

カルロス・カスタネダの教えだった。

大きな変化がやがてやってくる予感に、とらわれていた。

好奇心のおもむくままに手当たり次第、小説、伝記、哲学、旅行記、歴史書、詩集、評論集……と、熟読というより読み飛ばしてきた。頭に入れるというより、読む行為に中毒になっていた。

ぼくは、興味をいだいたことにのめり込む性癖があった。あるときは、自転車の改造に没頭した。あるときはサボテンを収集し、すべての鉢にペイントした。あるときは、渓流釣りにはまった。しかし、継続はしない。途中でやめることはないが、達成感を得ると、やめてしまう。絵を描くことには、飽きなかった。読書にも。

言われてはじめた編集の仕事だったが、夢中になっていた。デザインの打ち合わせで使うコンテには必要以上に描き込んだ。田名網さんに見せると「絵がうまいな」とほめられ、それがうれしい。絵を描くことが仕事になったわけではないが、生きていた。

そして何よりも、ヒトに伝えたいと思う気持ちが強くなっていった。どうすれば自分の熱をヒトにうまく伝えられるか、試行錯誤することに夢中になっていた。それは、編集ということにほかならない。

12

今夜も百万人のリスナーに向けて。

NHKのディレクターから電話があった。NHK-FMが、夜十時二十分から四十分間のゴールデンの時間帯に、若者むけの音楽番組を放送する。個性的なパーソナリティーをさがしていたのだが、『フォーライフ・マガジン』を見て、あの編集のセンスを番組にしたら、斬新なものになるのではと考えて、依頼の電話をしたという話だった。

NHK-FMの番組名は『サウンドストリート』。ぼくは初回の収録で自己紹介をかね自分の音楽歴を語り、音楽を流した。それはストーンズの『黒くぬれ!』からスタートした。アップルの時代には、ビートルズの『エリナー・リグビー』を選曲した。

音楽は出会うものであり、そのときの感銘がヒトを動かす力になる。ぼくは『黒くぬれ!』

にはいいようのない感銘をうけたけれど、ストーンズのファンではない。ビートルズのファンでもない。たまたまアップルを訪ねた日、ビートルズの『エリナー・リグビー』がステレオから流れていた。それは一生忘れられない音楽になり、どこかで聴くたびに、感銘をうけたときのことを思い出す。そんな話をした。

収録中、ディレクターが録音室にはいってきて、「そういう、個人的な体験談がいいんだ」と言った。それからジローさんとの出会いを語り、エリントンの曲を流した。泉谷の曲を流した。拓郎、トム・ウエイツ……。ぼくが接したときの彼らの印象をエピソードをまじえて話した。こんな個人的なことで、果たして番組になるのか、不安を感じていた。

収録を終えるとディレクターは「何の問題もない」と言った。「気持ちが伝わるよ。声に感情がこもってるよ」テープを巻き戻して聴かせてくれたが、インタビューテープを起こすときに、いつも聴いていた声と変わらない。放送後、リスナーからの投書が手提げの紙袋いっぱいになるほど送られてきた。消印は全国津々浦々。公共放送の電波にのって自分の声が日本中につたわったのを確認した。

ディスクジョッキーのデビューを果たしてから、急激にメディアの仕事が増えていった。

新聞や雑誌からの、執筆や大物アーティストへのインタビューや対談の依頼。取材をうけることも多かった。スケジュールは過密になっていったが、それでもぼくは八曜社の家族的な社風が好きだったので、八曜社の仕事はつづけていた。だから、あいかわらず原宿がぼくの活動拠点になっていた。それも、ど真ん中に八曜社があったので、この町の動向は手にとるようにわかる。

アメリカの西部開拓時代、金鉱が発見されると町ができ、ヒトが仕事や商いを求めて押し寄せてきた。ゴールドラッシュだ。町にはさまざまな商業施設が増えていく。最新の文化も流れてきて、活気にあふれる。そんな町をブームタウンと呼んだ。原宿はまさにブームタウンだった。そのブームを作りだしたのは後藤さんだったろうし、山崎さんだった。決して、企業ではない。個人、それも若い個人だ。『ペニーレインでバーボン』という歌が、原宿の一軒の店を全国的な人気にした。それは後藤さんの手腕だった。

山崎さんは髑髏マークとロックンロールを打ちだして、五〇年代スタイルをヒットさせた。彼らはブームタウンの町長のようなものだ。ぼくはそのふたりと組み、雑誌を制作した。原宿に対して傍観者の立場に甘んずるのではなく、内側から発信する立場だった。その仕事に満足していたが、ディスクジョッキーはディレクターがいったように「個人的な」

経験やら直感、思い出やら世界観、主張やら関心を伝えていくという仕事だった。テーマの選択は自由だった。

母から、弟に子供が生まれたと連絡がきた。そうだ、次は家族特集をやろう。泉谷は『家族』というアルバムを作っている。レノンは母を歌っている。岡林信康の『チューリップのアップリケ』は？　レコードをひっくりかえして調べてみよう。そうか、雑誌の特集企画みたいにテーマを設定すればいいんだな。これはおもしろい。誰もまだやってないな、たぶん。よその番組企画で、ラブソングやクリスマスはやるだろう。そんな慣習的なことはやりたくない。「ホール・アース」なんていうのもいい。「路上」もいい。「本来」をテーマにしたら、どんな音楽があるのか？　どこまで、歴史を遡《さかのぼ》ればいい？　民族音楽を語り合うとしたら？　細野晴臣には、その志向を感じる。「一九七六」もテーマになる。ミックと語ろう。「フィフティーズ」について山崎さんと語ろう。アイデアが、いくらでもわきあがってくる。そして、何よりも、心楽しい！

かつてジローさんも、ジャズ番組の人気ディスクジョッキーだったと聞いた。たぶんホラをまじえながら、ジャズと放談でジローさんらしい番組だったのだろう。久しぶりに電話で話したとき、「何やってる？」と聞かれ、ディスクジョッキーの話をすると、「選曲は自分でやらなきゃだめだぞ」と忠告された。「選曲のセンスで番組の個性が決まるからな。どうだい、久しぶりにハイボールやるか？」と会うことになった。

すでにジローさんは成城のフランク邸を出て、葉山の御用邸近くに移り住んでいた。作家活動は順調で、何本も雑誌の連載を抱え、単行本の刊行もつづいた。経済的な余裕もできたのだろう、東京にくると、赤坂のホテルを定宿にしていた。会うのは六本木のバー、ドンクだった。業界人が利用するシックなバーだ。

ジローさんは、かつてジャズ界のフィクサーといわれたころの貫禄を蘇らせたかのように、仕立てのよさそうなスーツを着てバーにあらわれた。どう見てもシカゴのギャングスターだ。かたぎにはとうてい見えない。本人は肩書を嫌い、名刺も持たないが、いまは作家という職業についている。

ぼくらはカウンターに並んで腰かけた。ハイボールを注文する。

「ところで、ジローさんはどんなジャズ番組やってたんですか？」

「ずっと言いつづけたのは、アメリカのジャズのカバーだけじゃだめだ。そんなの、いくらウマくやったって、進歩しない。ヘタでもいい、オリジナルをつくれって言いつづけた。そういうアルバムができたら、真っ先に全曲流した」

「個人的なものでいいんですね？」

「じゃないと、やる意味はない。ラジオのディスクジョッキーはパーソナルな仕事だろ。ひとりでマイクにむかって。シチュエーションが個人的だろ。どうなんだ、やってて楽しいか？」

「楽しいなんて、思ってもみなかったけど、やり始めたら楽しいです」

「曲は終わりまで流さなきゃだめだぞ。途中でフェイドアウトなんてとんでもない。それじゃあ、文章が途中で切れてるようなもんさ。つくる側は最後まで神経使ってつくってんだからな」

表に出ると、路地の奥にある通称ディスコビルへとむかう若い男女で道はあふれている。『サタデー・ナイト・フィーバー』の大ヒットにより六本木は一夜にしてディスコタウンと化していた。ホコ天でもディスコでも、若者は踊る享楽に没頭していた。音楽は聴くよりも踊るためのものになっていった。ジローさんはぼくの結婚式の二次会で、ジーンを相手にジルバの見事なステップを披露した。ぼくはジルバは踊れない。ツイストも踊れない。

だけど、踊るのは嫌いじゃない。ぼくにとって、いまも音楽は出会うものだった。しかし、出会いの場はディスコじゃない。

ひとりのアーティストを特集する。普通だと、本人に話を聞き、本人の曲を流す。そんな慣習にのっとりたくはない。内田裕也の特集をした。年末恒例の内田裕也プロデュースのロック・フェスの楽屋にマイクを持っていき、ロック観を聞いた。会場の浅草国際劇場には地元のヤクザ者も大挙して押しよせて、あちこちで悶着が起こっていた。楽屋にまでなだれ込んでこようとする幹部と、それを阻止しようとする裕也さんの側近が小競り合いをしていた。まるで話に聞いたロカビリー全盛期のジャズ喫茶だ。そんなザワついた空気まで録音した。

ロスで会ったジョー山中から、勝新太郎が『座頭市』の音楽をイーグルスに依頼しようとしていたと聞き、勝新がロックを語る特集を企画した。指定の時間に六本木のオフィスを訪ねると、午後であったが、通された暗い部屋で勝新はひとりデスクに座っていた。取材のテーマを説明し、いざマイクをむけて話を聞こうとしたら、「ちょっと、待て」と手で制され、デスクの引き出しをあけて中から小型のテープレコーダーを取りだした。いったい何をしているのか理解できなかったが、勝新は録音スイッチを入れ、「よし、はじめよう」といった。

自分の話を自分で録音する？　何のために？　ぼくは緊張してしまった。質問する前に勝新は話しだしていた。

「アメリカの荒野みたいな広大なところで声を出すと、魂の底から声が出るんだ。密閉された空間で声を出したって、波動は生まれない。イーグルスの音楽には広大な空間を感じるんだよ」

イーグルスの話を聞きながら、確かに『座頭市』の、あの日没の大地を行く姿にはイーグルスが合うと納得していた。

録音のあとは編集作業だ。スタジオの編集室にこもり、アシスタントの渡くんとテープをハサミで切り、つないで、編集した。その作業は深夜までおよび、丘のむこうの原宿の仲間たちが歓楽している店へ駆けつけたい衝動に駆られる。狭い部屋にこもって作業する。編集は地味な仕事だった。

編集は渡くんに指示を出し、まかせることもできたが、ぼくはその地味な手作業が好きだった。朝になってしまうこともあった。作業を終えても、そのまま帰宅する気になれず、渋谷ガード下の二十四時間営業の赤提灯に流れる。若い渡くんと話しこむ。

彼は海外で仕事をしたいという。渡くんはまだ二十二、三歳だが、六〇年代のヒッピーのような風貌だ。本人にはまだ聞いてないが、もしかしたら局の仮眠室に住みついているのではないか。局にはシャワー設備もあるし、食堂もある。

朝方、頭上を電車が走り抜ける店で、ぼくらは酒をくみかわし、話している。ほかの客は、たぶん夜間作業を終えた肉体労働者たちだろう。飲むというより、大盛りのご飯茶碗にハシをつっこんでいる。彼らは黙々と食事している。

「レゲエの特集は、どうだろう?」ぼくは提案する。

「いま、ジミー・クリフが来日してるからインタビューしよう。渋谷の雑踏の音からはじまって、そこからボブ・マーリー&ザ・ウェイラーズの『エクソダス』が流れてくる。都市はゲットーだ、とアジテートするような……どうだろう?」

渡くんは拳をテーブルにたたきつけ、「やりましょう!」とこたえる。渡くんは熱血漢だ。

制作現場は、彼とふたりだけだった。ディレクターの湊《みなと》さんは、ぼくらをほっといてくれる。本当に「好き」にやるには、少人数でなければできない。三人では多い。田名網さんのアシスタントはひとりだ。それで独自の作風を生みだせる。

録音機を持って、来日中のジミー・クリフをホテルに訪ねた。カフェテラスで対面した。かたわらに通訳をかねた恋人の日本人カメラマンの吉田ルイ子さんがいた。ルイ子さんとは、西武百貨店で開催された『ブラック・イズ・ビューティフル』の写真展を吉田シゲルさんとプロデュースしたことがあり、それ以来だったが、おぼえていてくれた。ジミー・クリフは黒光りする石炭のように肌が黒かった。その肌にカリブの太陽の陽光を感じた。

ぼくは質問する。訳された答えを、ぼくは膝の上にひろげたノートに走り書きする。インタビューの間、ずっと走り書きをしていた。ジミーは、ノートを興味深そうにながめていた。インタビューが終わると、「君が書いている、それは何なんだ?」と聞かれ、ぼくは「日本語です」と答えた。「アートだね」とジミーは言ったが、アートなんかであるわけない。ジミーには、シュールな図像に見えたんだろう。レゲエのレコードは局のライブラリーにはない。自費でレコードを購入し、選曲する。すべてジャマイカのアーティストだ。島からはじめて世界をゆるがすロックが誕生した。写真家の浅井慎平が制作したジャマイカの波の音のレコードも使おう。

しかし、オープニングは街の雑踏の彼方からレゲエが響いてくる。渡くんとマイクを持って街頭の騒音を録りに行く。インタビューテープや騒音のテープにハサミを入れ、使用する部分を切り出し、つなげる。

番組収録の日、スタジオにはいり、「こんばんは、森永博志です。今夜はスペシャルゲストをお迎えして、レゲエ特集をお送りします。街はゲットー」といって番組ははじまる。街の神経症的な騒音が流れてくる。それはテープを逆回ししている。音は劇的だ。ぼくは興奮している。そら、ボブ・マーリー&ザ・ウェイラーズがやってくるぞ！


山崎さんは洋服のショップを二軒、飲食店を三軒経営していた。すでに大金といえる金を原宿で手にしていた。アメ車のオープンカーに乗っていた。ひんぱんにロンドンに渡っていた。アメリカにも仕入れに渡っていた。山崎さんの仕事は完全に軌道にのっていた。

表参道は、同潤会アパートの中にまでショップがオープンするほど、様々な業種の店が並ぶようになっていった。企業の進出もはじまっていた。ぼくは山崎さんと、表参道に新しくオープンしたカフェでお茶を飲んでいた。「さっき銀行にあったカネ、全部出してきました」山崎さんは、めずらしく感情をたかぶらせている。

「何があったんですか？」

原宿初のパリ風のオープンカフェ。そこはアパレルメーカーの経営だ。原宿の地元商店街はパリのシャンゼリゼ通りを気どろうとしていたので、何軒かパリ風の店はあるが、山崎さんがこの町にもたらしたカルチャーはアメリカの五〇年代だった。

「表参道に物件が出たんで、買おうと思ったんです。それで、ぼくは取引先の銀行にお金を貸してくれとたのみに行ったんです。そしたら、ぼくがこんなカッコしてるからですかね、相手にもしてくれない。門前払いくらった」

という山崎さんはリーゼントヘアにアロハシャツ。銀行員から見たら、ヤクザ者にでも見えたのか。その銀行は文京区根津にあった。

「その場で二千万円、引きだしてきました」

「そのカネ、どこに？」

「オープンカーのシートにおいてあります」

「だいじょうぶですか？」

「原宿だったらだいじょうぶですよ」

そんな会話をした数日後、山崎さんに呼ばれてレオンに行った。ぼくはあの二千万円に関することだなと直感した。何か進展があったんだな。山崎さんと会うのはいつも午後だ。山崎さんは酒を飲まない。一日に何杯もコーラを飲む。

「買いましたよ、物件。ただし裏のボロ家。でも一億」

「よく、カネ、つくれましたね」

「それが、捨てる神あれば拾う神ありって、よくいったもんです」

山崎さんはあの日、二千万円のキャッシュを持って原宿の銀行に行き、口座をつくった。頭取に接客され商売を聞かれ、店をやっていると店名をいうと、頭取は知っていて、もし融資が必要であればすぐにでも用立てますと話をもちかけられ、その場で商談が成立。

「だけど、不動産屋が裏のボロ家の話をもってきたんです。表参道の物件に五百万の手付金入れてんのに。それムダにしても裏のがいいって、不動産屋がしつこくいうから、見に行ったんです。そしたら、お化け屋敷！」

「それを買った？」

「買いました。よくよく考えてみれば、ぼくらみたいなチンピラが表参道で商売するのはおこがましいですよ。ぼくらは裏がむいてます」

山崎さんにさそわれて、その物件を見に行った。表参道を青山に向かい、かつて渋谷川が流れ、いまは通学路となっている名もないさびれた路地にはいり、数分歩くと、

「ここです」

山崎さんは路地沿いの雑草にのみこまれ、傾くように立つ二階屋を指さした。廃屋だ。考えられるかぎりのおぞましい生き物が棲息している印象に、言葉もでない。

「ここを店に？」

「髑髏で、復活させるんです」

その一言で、具体的なイメージは何ひとつ浮かばなかったが、未来が見えた気がした。

「楽しみです」

山崎さんは一億のカネを廃屋に使った。山崎さんが新宿のファッションショップでバイトしているときに相棒となった店員の伴晋作や同郷の同級生だった本多博典たちと商売をはじめ、あっという間に一億のカネを動かすまでになったが、給料は、みんな一律であるのをぼくは聞いていた。山崎さんたちはヒッピーではなかったが、その姿勢はヒッピーが理想としたコミュニティーだ。何事も平等。海賊は戦利品を船長がすこし多めにとることはあっても、平等にわけていたという話を思い出した。

廃屋の改造がはじまった。トラック何十台分になるゴミがでた。プロの業者の姿はひとりも見ない。店員たちが真夏の酷暑の中、ドロドロに汗を流し、何の計画性もないように見える作業で、古い造りの家屋の壁や天井、柱、床の間などを解体していた。内部はカビ臭いホコリが一日中舞っていた。

山崎さんには改造後の店のイメージがあるようで、店名をすでにガレージパラダイス東京と決めていた。完成したら、店を舞台にした物語性のある写真集を作ってください、制作費はぼくがだします、といわれていた。山崎さんは商品を仕入れにロスへ渡った。着々とオープンにむけて準備が進んでいった。

オープンを翌日にひかえたガレージパラダイス東京を見学に行った。外壁を五〇年代のアメリカの若者の生活を描いたグラフィティーが埋めつくし、内部の壁もおなじような絵で埋まっていた。一軒の廃屋がペンキだけで生きかえっていた。

山崎さんが中を案内してくれた。一階はまさに倉庫のように大量の服がハンガーにつるされ、フロアに陳列され、二階はロスで仕入れたという中古家具で埋まっていた。古着屋はすでに何軒も原宿に出現していたが、ミッドセンチュリーの家具屋ははじめてだった。

ぼくは写真集では見ていた家具をまのあたりにして、ひさしぶりに物欲を刺激されていた。家具はどれも、明るい色と彫刻のようなデザインで飾られ、照明器具もうつくしいフォルムをしていた。かつてのアメリカンドリームの時代の、ポップな生活感がはじけていた。それらの家具を配置した部屋を想像すると、その空間にロックンロールが鳴り響いた。そこにわきあがってくる感情はノスタルジックなものではなく、心を浮きたたせる未来の香りがした。インスピレーションをうけていた。

ぼくは渡くんに電話をいれ、いますぐ飛んでくるように伝えた。渡くんは、丘を越えてやってきた。ガレージをひとめぐりし、彼にいった。

「どう、ロックンロールの特集、やらない?」

「やりましょう!」

と渡くんは、パチーンと指を鳴らした。

山崎さんに、渡くんを紹介し、

「山崎さん、ロックンロールの番組、作りましょう」

というと山崎さんは提案にのり、さっそくぼくらはレオンに行き、ロックンロールについて語り合った。

ぼくも山崎さんも、片岡義男の『ぼくはプレスリーが大好き』を愛読していた。ロックンロールは音楽の形態のひとつではなく、生き方であると感じていた。山崎さんこそ、その生き方の体現者である。『ハートブレイク・ホテル』に突き動かされて、一直線にきた。ぼくは『黒くぬれ！』だった。いま、ここで話している時間も、ロックンロールによってもたらされた生き方が交差したものだった。渡くんは、そんなぼくらの談議に眼を輝かせ聴きいっている。ぼくはロックマガジンに見つけたフーのピート・タウンゼントの発言を思い出す。

「ピート・タウンゼントがいってたんです。ちっぽけなラジオから流れてきた『ジャンピング・ジャック・フラッシュ』に頭を吹き飛ばされる。それがロックンロールだ、って」

「まさに、ぼくですね。ラジオから流れてきたプレスリーでした」

「ぼくはジュークボックスでした」

世は五〇年代のロックンロールが「オールディーズ」というくくりでリバイバルしていた。各レコード会社が自社が権利を持つ曲をオムニバスにしてこぞって発売していた。ぼくらは、そのブームには興味もなかった。それは一過性の商法だろうし、生き方とは何ら関係のないことだった。

「山崎さん、ラジオに出演してもらえますか？」

ぼくは、それが一番効果的な演出だと思いいたった。

「だって、ぼくなんて無名ですよ」

「そんなことといいんです。リアルな番組にしたいんです」

数日後、山崎さんはスタジオにやってきてくれた。マイクに向かい合って座った。用意していたプレスリーの『ハートブレイク・ホテル』を流した。曲が終わると、ぼくは聞いた。

「何歳のときに、いまの曲を聴いたのですか？」

「十歳です」

「どこで？」

「田舎の炭鉱町です。六軒長屋に住んでいて、そこで突然ラジオから流れてきたんです」

「何を感じたのですか？」

「これでいいんだ。なんか、一生、この感じでやっていける気がしたんです」

対話のあと、番組のテーマミュージックが流れ、ぼくが「今夜はロックンロールの特集です。ゲストに山崎眞行さんをお迎えしました」といつもより勢いをつけた声で告げた。

山崎さんの仕事を紹介する。ぼくは山崎さんに、生き方としてのロックンロールとは何かを聞く。山崎さんは即答する。

「そのことを学ばなくても、誰にでもできることです。思いついたらすぐやる。うまいへタ関係ない。好きだからやる。悩まないことです」

と山崎さんの話をうけ、ぼくは山崎さんのショップにジョン・レノンが買い物にきた逸話を語り、ジョン・レノンのライブアルバムから『ハウンド・ドッグ』をかける。スタジオの空気に熱がこもっていくのを感じる。音楽が流れている間、「刺激的ですね」と山崎さんは興奮気味だ。フーの『サマータイム・ブルース』をかける。山崎さんは新宿の自分のスナックでキャロルのライブをやったことを語る。パリで『アメリカン・グラフィティ』を見て、すべてが自分の好きな世界だったと語る。レッド・ツェッペリンの『ロックンロール』をかける……。リスナーの頭が吹き飛ぶさまを想像する。

収録が終わり、ぼくらは原宿に戻る。すでにオープンしたガレージパラダイス東京に行き、併設されているミルクホールでお茶を飲む。ついさっきの収録時間の興奮で体がヒリヒリしている。ふたりでひとつの作品を共作したのだ。

「ロックンロールっていうのは、魔法の力みたいなものを感じますね」ぼくは、そう感じはじめていた。「何でもできるみたいな」

「やろうと思えば、できますよ」

「バンドもつくれますね」

「ロックンロールならできますよ」

　年齢は山崎さんが五歳上。出会うまでの生き方はまったくちがった。お互い、ある日、原宿にやってきた。活動拠点になった。この町で出会い、何が共鳴したのか、ひんぱんにお茶を飲み、会話をし、時を楽しく共有している。見る見るうちに、山崎さんは商売を拡大し、町で影響力を持つ存在になっていった。ぼくは公共放送のDJになった。ふたりでスタジオに入り、ロックンロールの番組を制作した。

　百万人が聴くことになる。

「ぼくらが組めば、何でもできますよ」

「やりましょう！」

　山崎さんの一言に、それまで何度となく口にしたセリフで答えたが、はじめて血湧き肉躍るといってもいいような熱情がこもっていた。

13 大きな変化を予感する。

一九七九年になった。あれから十年が経ち、ぼくは二十九歳になっていた。

学校で教えられたことよりも、ロックミュージックから学んだことが、どれだけ自分の生き方に力を与えてくれたか。学歴よりも、その人がどんなロック体験をしたか、そっちの方に可能性があるという番組をぼくは企画し制作した。もちろん、すべての若者がロックを聴いていたわけではないが、ロックに感化された者は、世界に対する視野をひろげ、未来に対して夢を持って生きているのを、この十年で確信した。番組でぼくは思いを語り、ロックを流した。

新聞の番組欄では、いつもおすすめ番組になっていた。雑誌の仕事では取材のためにミュージシャンのもとに足をはこんでいたのに、いまはどんな大物でも出演を依頼すれば局にやってきてくれる。番組収録後、ゲストとしゃべり足りず、いっしょに局から町に流れることもあった。イエロー・マジック・オーケストラを結成したばかりだった坂本龍一をゲストに招いてテクノポップについて講釈してもらった。坂本とは初対面だったが、一時間ほどスタジオで対話するとたちまち親密さをおぼえた。

収録が終わり、食事に行こうとふたりで六本木にむかった。タクシーの中で、「森永とむかし会ってんだよ」といわれた。

「どこで?」

「アップル」

それから六本木に着くまでの車中で、およそ十年前のむかし話にふけった。坂本は当時、新宿高校に在籍し、ヘルメットをかぶり学園闘争を主導するリーダーだった。アップルでは寺子屋が左翼の活動家たちの集会場になっていた。よど号ハイジャック事件で海外に亡命した赤軍派のメンバーも、まぎれ込んできていた。あるとき、アップルが機動隊に包囲されたこともあった。そこに高校生の坂本はいたという。

「こんなふうに森永と再会するとは思わなかったよ」

「十年なんて、あっという間だな」

　ぼくらは、流行のレストランクラブにいた。内装という仕事は空間装飾だけでなく、そこに流れる音楽、料理、従業員のキャラクターやユニフォームまで、ある世界観のもとに総合的に演出する空間プロデュースという新しい仕事に発展し、脚光を浴びはじめていた。その店はベトナムにフランス人が建てたチャイニーズ・レストランクラブのようだった。「中国」をポップに解釈する新しい風が吹きはじめていた。その店、東風《トンフー》はそんな時代を先取りしていた。坂本は、そんな空間によく似合った。

　十年前には想像もつかなかったものが、街に出現していた。それも六〇年代みたいに一色に染まることがない。サワラの鼻先があちこちにあった。


　田名網さんが仕事中に倒れ、広尾の病院に緊急入院した。過労が原因で肺に水がたまり、一時は生死の境をさまようかなり深刻な状況におちいった。一週間の治療を終え、ようやく面会が許された。花や果物でもないだろうし、何を持参すればいいかわからず、トニー谷のテープをセットしたラジカセを持ち病室に見舞うと、田名網さんは案外元気な様子

だった。何か冗談でもいうつもりだったが、

「トニー谷でも聴いて、元気になってください」

とベッドサイドにラジカセをおいた。

「もう、森永くんとしばらくは飲めないね」

田名網さんは今後、時間に追われる忙しい雑誌の仕事はやめて、のんびり体に負担のかからない仕事を選んでやるよ、という。デザイナーとして第一線をしりぞく気だなと察した。美大在学中から田名網さんはデザインの仕事をはじめ、いまは四十代半ば。二十年間休みなく続け、ついに倒れた。今後は作品制作へ向かうのだろう。


父も国鉄を定年退職し、新宿東口駅前に本社をかまえる日本機械保線に天下りし、再就職した。テレビ、ラジオはＮＨＫ、新聞は朝日と決め、他に目もくれない父は、長男がＮＨＫのＤＪになり、その番組が朝日新聞で頻繁に推薦されている現実に、満更でもない様子だ。

「墓参り、こいよ」と電話がかかってきた。

父の伝法ないい方に誘い出され、彼岸の日、品川に行った。父はもう六十代。しかし、

まだ壮年といった印象だ。母も来ている。母は五十歳。ぼくは母が二十歳のときの子供だ。若いときから、外出のときにはいつも独特な装いをしている。色や柄のコーディネートが、ぼくから見ても鮮やかだ。小、中学校の授業参観では教室の後方を埋める母親たちのなかで、ひとり目立っていた。その日も、母は好きな柄物を着ていた。墓参りをすませ、寺から旧東海道の天麩羅屋へ流れた。船宿が釣り船を出す仕事をやめ、天麩羅をあげている。三人で座敷にあがった。あっという間に、日本酒のお銚子を二本あけ、さらに二本たのんだ。父には二本ずつ注文するクセがある。飲むピッチは早い。あいた銚子を母は横に倒している。父の生家は旧東海道沿いにあり、子供のころは、家の裏に海がひろがっていた。幕末期に築かれた砲台跡まで、よく泳いでいった、と何度か聞いたむかし話を語っている。

それから、本題にはいる。

「手紙のやりとりはな、つづけてるんだ。このあいだ、きた手紙には、こんなことが書いてあった」酔った父はジーンのことを話す。

ロンドンでバスに乗っているとき、ジーンは悶絶するほどの激しい腹痛に襲われた。車内で倒れたジーンを車掌も乗客も心配し、路線から外れ、バスは病院へと急行したという。

「日本だったら、みんな知らんぷりする、と書いてきた」

池波正太郎の時代小説を愛読していた彼女は、江戸時代の庶民の人情にひかれていたのだろう。父から聞かされたエピソードからは、ロンドンという街で彼女が人情に触れた感動が伝わってくる。ジーンと出会ったとき、ぼくにはアネゴ肌の彼女への憧れに近い恋心が芽生えた。それが、十条の実家に行ったときから別の感情に変容していったのかもしれない。

一本のカセットテープがのこっていた。結婚した年の年末、テープレコーダーで両親あての声の年賀を録音した。ジーンとぼくで「お父さん、お母さん、おめでとうございます」とアイサツしたあと、ジーンが、「では、これからマッケンジーと歌をうたいます」と言って、ぼくはギターをひきはじめる。そしてふたりで『雪の月光写真師』を合唱した。ぼくとウッディでつくったあの曲だ。ジーンは、この歌が好きで、ぼくは結婚式のあとのパーティーでもジーンのためにギターをひいてうたった。録音したカセットテープはコピーを作り、一本は両親に送り、一本はぼくらで持っていた。

ロンドンにジーンが行ったあと、ぼくは何度か、そのテープを聴いてみたい衝動にかられたが、聴かなかった。そのテープに録音されたジーンの声は少しもアネゴ肌ではなく、無邪気なほど、はずんでいた。ジーンのアネゴ肌は、もしかしたら、どんな事情であったか迷い込んでしまった背徳の世界で、世を忍ぶ仮の姿ではなかったか。

父はぼくにジーンとの関係をどうするつもりなんだ、と聞いた。

「いま彼女がどんな境遇にあるかわからないが、ハッキリさせたほうがいいぞ」

「おそらく、もう、別々の道を生きてるんです」

「そういうことだな」

ふたりの間にいさかいがあったわけではない。ぼくにとっては、やはりジーンは出会いのときの第一印象のままに姉貴のような存在だった。ふたつの人生がいっときまじわることにより、姉貴は夢に生きる道を選んだ。ロンドンでピアニストになる夢に賭けた。どんな日々を送っているかわからなかったが、父とは手紙をかわしていた。ぼくは二十代の後半は仕事に没頭していた。その刺激に満ちた日々に、正直、ジーンをもう遠い存在だと感じていた。たとえば、それは月よりも遠い星……。

一九七九年は六九年のように、アポロ十一号月面着陸やウッドストック・フェスティバルといった歴史的な出来事もなく、オイルショックや連合赤軍による浅間山荘事件といった社会が騒然となるような事件もなく、「一億総中流階級」化した戦後初といってもいいくらい平穏な世の中になっていた。それは、うわっ面《つら》のことなのか、底力をそなえたものなのか。十年前には、この社会はたくさんの問題をかかえていたはずだった。その問題が解決されたのか、解決されないままなのか、もう誰もそんなことを気にしていないようだった。

それまで経験したことのない感情にとらわれることもあった。何をしていても自分は井の中の蛙《かわず》でしかないのではないか。聴取率など何の意味もなく、しょせんは大きな機構のなかで管理下におかれ、働かされているだけなのではないか?

原宿からスケボーでNHKにむかうとき、ときどき気が重くなる。理由ははっきりしていた。スタジオは、巨大な要塞を想わせる建物の中にある。入り口での入館者チェックも厳しく、館内での行動はすべてカメラで監視されている。公共放送ゆえか、番組の終了時には日の丸を映しだす。やはり国家の重要な機関なのだ。ぼくは、その大きな組織の末端で働いている。しかし、ぼくにはその組織でいったい何人の人間が働いているのか、その人たちがどんな人なのか、長たる人はどんな人なのか、まったく知ることがない。

それまでのADセンターも八曜社もフォーライフレコードも、発展していくクリームソーダも、そこには組織的なタテ型の人間関係はなく、経歴や年齢のちがいを超えて対等の関係がある。それぞれに規律はあっても、厳しいものではない。それが心地よかった。

街中に活動拠点をかまえ、志をおなじくしたヒトたちが、開放的な雰囲気のなかで、独自のカルチャーをつくっている。ぼくにはそういう世界が肌に合う。少人数であればあるほど、意欲的になっている自分を感じる。

巨大組織を否定するわけではなく、自分の性分に合わない。そう感じる自分がいる。山崎さんは組織の長だが、名刺もなく社長室もない。五歳も年上だが、出会ったときから友人の関係だ。ぼくは山崎さんのことを「ヤマちゃん」と呼ぶ。

ぼくは、それこそ本来の人間関係だと思う。長いつきあいになると思えた。たぶん、どちらかが死ぬまでの。そんな人間関係こそが、きっと仕事を実り多いものにするだろう。そう確信していた。

14

赤道直下の島へ旅する。

ヘルメットをかぶらずにバイクに乗れる。バイクは二百五十ｃｃ。しかも、ぼくは無免許運転。バイクは、島で親しくなったアグーンから借りた。アグーンは兄弟三人と、クタやウブドの先の農村でギャラリーを経営していた。遠い先祖に中国人がいる。アグーンは来島するミック・ジャガーとも親しく、その影響でか、髪型も衣服もジャガー風にしている。ほかの若いバリニーズは来島する白人女性のツーリストをさかんにナンパするが、アグーンは紳士的だ。なかなか優れたチェスプレイヤーでもあった。

バリをすすめた友人の写真家が、アグーンを紹介してくれた。紹介といっても、名前と住所をメモしてくれただけだ。赤道直下の島に国際電話など通じない。訪ねて行くしかない。

　アグーンの画廊をクタに訪ねてみた。そのとき展示されていたのはバティック（ろうけつ染め）のアート作品だった。描かれていたのは、アインシュタインやジミヘンの顔だった。画廊にはブライアン・イーノのアンビエントサウンドが流れていた。クールなセンス。バティック作品の作家はジャワ在住で、サーフィンのチャンピオンだ。バリの芸術は観光客のための土産物《スーベニア》だが、ジャワには国際級の芸術家が何人もいるとアグーンはいう。

「芸術に興味があるのか？」

「音楽と絵が好きだ」

「音楽も、残念ながら、ジャワが本場だ。でも、バリでも山の中にはいれば、素朴な音楽は聴ける」

　アグーンは四歳年下なのだが、過去に兵役についていたせいなのか、三十代にも見える。褐色の額に理知的な力を秘めている。瞳は黒々としている。島に生まれ育ったのに、彼は海にははいったことがないという。

　浜辺は、オーストラリアから押し寄せてくる白人たちに占拠されていた。ぶよぶよに太った醜悪な裸体を激しい陽光にさらし、火ぶくれしていた。それはたえがたい光景だった。

アグーンに案内され、深い森にはいった。寺院と集落からなる静かな山村があった。泊まったコテージには電気も水道もなかった。水は谷間に流れる川にくみに行った。夜はランプをともした。建物の柱は彫刻で飾られていた。ランプの光に浮かびあがる彫刻の貌《かお》は悪魔的だ。

日没と同時に、長い闇夜がはじまる。その時間こそが真実で、昼の世界は幻、仮構であるとアグーンはいう。四方から鍵盤を叩く音が聴こえてくる。あちこちの寺院で村人たちが影絵芝居や舞踊を楽しんでいる。その音がつたわってくる。人々は闇夜に生きている。

「この闇の中から芸術は生まれてくる」

アグーンも前は鍵盤打楽器を叩いていた。

髑髏印をプリントしたクリームソーダのTシャツを奇異に感じたのか、アグーンが、

「それは、何の意味なのか?」

と銃で心臓を狙いうちするかのように、指を突きつけた。

ぼくらはウブドのアグーンの画廊にいて、コンデンスミルクがたっぷりはいったアイスコーヒーを、カウンターに並んで飲んでいた。画廊にはストーンズの曲が流れていた。若

いバリニーズたちはストーンズが好きだ。ぼくはアグーンに、なんでそんなにストーンズが好きなんだと聞いた。アグーンは即答した。「ローリング・ストーンズ・ネバー・ダイ」。バリニーズは輪廻転生を信じている。死によってゼロに返る。だから葬儀で私財を使い果たし、ゼロにする。そして、死者はこの世に帰ってくる。アグーンは、ストーンズは不死だといった。

ぼくは海賊の話をする。殺された船長が生きかえるのを願って、部下たちが足の骨をクロスし、そこに髑髏をおいて、墓に埋めた。Tシャツの髑髏は復活の印だとぼくが答えると、百も承知といった笑みを浮かべて、

「髑髏の村があるけど、行くかい?」

アグーンに誘われ、ぼくらはバイクで村にむかった。山中には深々と水をたたえた火山湖があり、小舟で対岸の村に渡った。その村にはヒンズーの島で唯一原始宗教を信仰する人たちが暮らしていた。村の入り口に髑髏が手足の骨とともに祭壇のように積みあげられていた。バリでは火葬を風習としているが、その村だけは風葬の伝統を守っている。

村は数十軒の民家があるだけの集落だった。奥の森の中に無数の人骨が重なっていた。それはやがて土に還っていく風化する物体にしか見えなかった。何の意味もない。動かな

くなってバラバラになった機械。それを地上に残し、魂はどこへ行くのか。その魂のことを想像したが、行き先は見当もつかなかった。ただ、いまこの髑髏の森で、次の扉を開けていく風の音を確かに聞いていた。

15

一九八〇年にカモン・エブリバディとシャウトする。

ぼくは、人の上に立ちたくない。下にもつきたくない。誰と組むのか、だけが重要だ。いまはただ反逆したい。思想ではなく、たぶんロックンロールがそうだったように、反逆したい——帰りの小舟の上で、そう思っていた。十年前には、そんな気持ちはなかった。そんな気持ちを心の片隅に隠しもち、ぼくは三十歳になった。

ガレージパラダイス東京に山崎さんを訪ねた。二階の家具売り場の片隅に、工場用の建材を利用したハイテックなスタイルのプライベートカフェができていた。そこで何時間でも話しこんだ。山崎さんとの会話には世間話はない。社会や世界情勢について語ったこともない。

一階の売り場は開店と同時に全国から上京した修学旅行の生徒たちがなだれ込んできて、その熱気をおびた混雑は終日つづく。髑髏印をかかげた原宿発のストリートブランド、クリームソーダはいまや札幌、京都にも支店をかまえ、全国制覇をとげ、ガレージパラダイス東京の売り上げは日に一千万円に達していた。しかし、教育委員会からは、購入を禁じる警告が全国の中学、高校の教員につたえられ、修学旅行に引率する教員がガレージパラダイス東京の入り口に立ちふさがることもあった。

「うちの商品を着たら、不良になるっていうバカな話なんです」

最近、ロンドンからコンコルドに乗ってニューヨークへ渡航した山崎さんは、生きる世界がどんどん国際化していったが、人柄は出会ったころと、まったく変わらない。成功者としてマスコミの取材も受けるようになった。しかし人の上に立つ立場にありながら、誰に対しても腰が低かった。それは謙虚以上の、決して傲《おご》ることのない、自分の世界を守るための処世術に見えた。

「森永さん、ぼくらでバンドをプロデュースしませんか?」

「ぼくも、それ、考えていました」

一階の売り場には鉄製のハシゴでのぼる特設の空中部屋があり、そこにマイク、レコードプレイヤー、ミキサーなどを設置し、一日中ロックンロールを流していた。レコードは、ぼくが寄贈した。いまは、『ドゥ・ユー・リメンバー・ロックンロール・レイディオ？』からはじまるラモーンズの『エンド・オブ・ザ・センチュリー』が下階から響いてくる。

「ぼくはロカビリーバンドをやりたいんです」

「エディ・コクランの、あのハードなスタイルがいいですね。メンバーは、どうします？」

「うちの店員にやらせます。完全、素人です。でも、服づくりだって、ぼくらシロウトですよ。ひとりもプロはいない。やってて楽しいから、技がいくらでもでてくる。ロックンロールもおなじです」

「ぼくにできることといったら、詞を書くこととか、アートディレクション、それにレコード会社を決めることぐらいです」

「ぼくは、じゃあ、メンバー決めます。バンド名はブラックキャッツにしましょう」

ぼくらはいっしょに計画したことはかならず実現する。そうやって、インディーズの雑誌『ツイスト&シャウト』『スタイル No.1』や風吹ジュンが主演の幻の映画のサントラ盤

『ロックンロール・ランデブー』、グラフィティー・ブック『テディボーイ』を制作してきた。思いつきは一瞬のことでも、そこまで、何かを感じつづけてきた長い時間がある。そのふたりの時間が会話を通してまじりあい、ある瞬間に火花を散らす。次はロカビリーバンドだ。

「どうですか、ラジオの方は？」

「いま、ちょっと、やろうとしてることがあるんです」

といって、ある計画を話した。

街をテーマにしたナンバーを特集する。例えば、ドアーズの『LAウーマン』、アル・クーパーの『ニューヨークシティ（ユー・アー・ウーマン）』、ボブ・マーリーの『トレンチ・タウン』、クラッシュの『ロンドンズ・バーニング（ロンドンは燃えている）』……そして、東京は……。それは、リスクをともなう計画であった。

新しいロックンロール・スタイルとして定着したパンクサウンドにのって、がなるように叫ぶその歌のタイトルはクラッシュの『ロンドンズ・バーニング』を模す『東京イズバーニング』。その曲は彼らのデビューアルバムに収録されていた。ビクターレコードの宣伝マンによって見本盤が局に届けられ、試聴して、すぐに『東京イズバーニング』がとんでもない問題作だと理解できた。「何が日本の象徴だ！」と天皇を想起させるような挑戦的なフレーズがあった。歌詞全体としては幼稚に感じたが、そのフレーズは最大級のタブーに触れる。見本盤の段階では、局の検閲にひっかからない。その後、その曲は右翼団体がレコード会社に街頭宣伝をかけるなど騒動になり、放送禁止歌となった。アルバムは店頭から回収され、あらためて「象徴」を消音して再発売されたが、いかなる放送でも流れることはなかった。

「どう、思いますか？」と山崎さんに訊いた。

「ぼくらも、前、青山で人間喜劇という店をやってたとき、壁に天皇皇后両陛下の御真影を飾ってたことがあったんです。ただの写真なのに、やはり、それはタブーに感じました。おそれおおいというか。その感情は自分でも理解できない。しかし、それとはだいぶ状況がちがいますね」

「そうですね。全国に流れますし、どんな事態になるか、想像もつかない。でも、スキャンダルを狙うわけではないんですが、度胸だめしっていうんですかね。おそれは感じます」

「森永さんが、ラジオの仕事をつづけていこうと思ってたら、そんなことやらないですよね？」

「ですね。これから、ぼくが生きていくうえで、何度も、そういう恐怖との闘いがある気がするんです。たとえば、それをやったら失敗する確率が高い。周囲も反対する。でも、やらずにはいられない、といったようなことが」

「わかります。ぼくの仕事にも、そういう場面があります。この店だって原宿で商売をやるには、最悪の条件だった。でも、やりたかった」

「こわくはなかった？」

「ぼくら、サイテーだったときが基準ですから、失敗はこわくない。むしろ、成功のほうがこわいです」

「合言葉は『やるだけやっちまえ！』ですか？」

「それ、それです！」そういって、山崎さんはうれしそうに笑った。

会って、語り合うたびに、前進していく気がした。ふたりの間に、どんどん子供じみた感情がわきあがってきた。

新宿にレゲエを流すバーがあった。常連客の芥川賞作家は、とても酒癖が悪かった。店の者にボブ・マーリーをリクエストし、流れるのがおそいと、ビール瓶をカウンターに投

15 一九八〇年にカモン・エブリバディとシャウトする。

げつけていた。酒癖の悪い者はほかにもいた。あるグラフィックデザイナーは、何の関係もない客に、突然なぐりかかったりする。ところが、相手が強いと急に弱腰になり、店から退散する卑怯者だった。ギャグ漫画家とコメディアンは、全裸になりロウソクを体にたらしあう変態ショーに興じていた。客同士の乱闘も日常茶飯事だった。

店は無法の気配を漂わせながら、その界隈ではいちばんホットなスポットだった。思考停止になるほどの激しい音を浴び、ぼくも渡くんも踊っていた。その夜はふたりで、いつになく激しく踊っていた。

ベッドサイドの電話がけたたましく鳴った。機械には感情がある。カメラも機嫌を悪くする。自転車も、車輪が暴れる。電話は、ご主人様、緊急事態ですと叫んでいた。受話器をとると、局のお偉方だった。

「なんてことをしてくれたんだ！」

二日酔いがいっぺんでさめるようなすさまじい剣幕だ。

「さっき、共同通信から連絡があった。昨日、アナーキーの曲を流したそうだな。本当にやったのか？」

「確かに選曲しました」

「共同通信は全国に、その記事を配信するといってきた。もし、ニュースになったら、公共放送はじまって以来の大スキャンダルになる。わかってんのか！　今日は自宅に待機してろ！」

すさまじい剣幕のまま、電話は切れた。

ぼくは自分でも驚くほど冷静だった。昼に渡くんから電話がきた。

「ぼくも事情聴取をうけました。曲を流した事実は認めました。都市をテーマにした企画にふさわしい曲だったといいました」

「右翼の襲撃をうけるぞとおどされたよ」

「ニュースになったら、ありえますね」

「でるとしたら、夕刊かな？」

「でしょうね。その前に森永さんも、きっと取材されますよ。事態がはっきりしたら連絡します。今日は自宅にいたほうがいいですね」

電話から渡くんのしょうすいした様子がつたわってきた。組織の中にいる彼を巻きこんでしまったことには、心ぐるしさを感じた。だけどぼくは、どこかでどうなるかわかっていたような気がした。そしてこれはマスコミに深追いさせてはならない事件であり、巨大機構はなかったことにするだろうと読めた。それでも、局からは予想外の通達がくるかも知れない。自宅待機を命じられ、それを無視して街に出て行くこともできたが、さすがにそこまでの行動にはでられなかった。まるで裁判の判決を待つ気分で、自宅にいた。山崎さんとの対話でぼくは「やるだけやっちまえ！」と口にしたが、それは、こんなことではないんだなと、夕刻にむかう時間のなかで、自覚していた。

店員のメンバーが決まった。連日連夜、山崎さんとぼくは新宿のロックショップ怪人二十面相で、ブラックキャッツの練習に立ちあっていた。そこにはジローさんもいて、ジャズプレイヤーの経験から、少ない音でダイナミックなサウンドを生む演奏法の指導をしてくれた。ブラックキャッツは『カモン・エブリバディ』を演奏していた。

その夜、ジローさんと六本木に流れて、久しぶりにハイボールを飲んだ。ぼくらはカウンターに、新宿の酒場で出会ったときのように肩を寄せ合って座っていた。

「マッケンジーは、これから、何をやるんだい？」

「いろいろあります」

山崎さんとロカビリーバンドをプロデュースすること、ジローさんと仕事で外国にいっしょに行きたいこと、南の島をめぐって旅行記を書きたいこと……思いつくことをあげていった。

「先のこと思うと、ちょっと、こわい気もします。組織にも属してないし、実績もないし。そんなんで、果たしてやっていけるのか。考えるとこわくなります」

「こわく感じなくなったら、冒険じゃない。こわいから、それをやるときに興奮するんだよ。失敗したって、また、やるんだよ。やりたいことがなくなったら、廃人になるしかない」

ジローさんは新宿で出会ったとき、すべてを失ったどん底の境遇だったが、好きな映画を語る姿に活気を感じた。ぼくはその姿にひかれた。その活気があったから、ジローさんはペンを握り、文章を書き、作家になった。ぼくはその復活劇を、まぢかに見せてもらった。

「ジローさん、ぼく、このあいだ、度胸だめしやったんです」

とNHKの一件を話した。

「一線越えなきゃ、おもしろくないですね」

「何やっても、マッケンジーだっていわれるような仕事をしな」

ジローさんは、赤坂のホテルに〆切の原稿を書きに帰っていった。世はYMOが火をつけたテクノブームが八〇年代の幕開けを告げていたが、ぼくはサワラの鼻先の幻影を追ってロカビリーに胸躍らせていた。

カモン・エブリバディ！

歌いながら、人気者になった坂本龍一がいるかと思い、東風《トンフー》への坂道を歩いていった。